真夏のシンデレラ

さやか
百瀬しのぶ

扶桑社

本書はドラマ『真夏のシンデレラ』のシナリオをもとに小説化したものです。

小説化にあたり、内容には若干の変更と創作が加えられておりますことをご了承ください。

なお、この物語はフィクションであり、実在の人物・団体とは無関係です。

Chapter 1

晴れ渡った空。照りつける太陽。湘南の海は、一年で一番賑わう季節を迎えていた。

「おっと」

サーフボードより少し大きめな板の上に立って、パドルを漕ぎながら波乗りしたり海の上を散歩するスタンドアップパドル、いわゆるサップ用のボードを載せたカートを引っ張りながら、波打ち際を歩いていた蒼井夏海(あおいなつみ)は、足を止めた。車輪が砂にめり込んで動かなくなってしまったのだ。サップボードはサーフィン用と比べても重量はかなりある。よいしょ。夏海は力をこめて引きずり出した。

「楽しみだなー、サップ」

山内守(やまうちまもる)は待ちきれない様子で海に足を浸していた。

「おまえはインストラクターに浮かれてるだけだろ」

佐々木修(ささきおさむ)がすかさずツッコむ。

「おっ、よくわかったな。ＳＮＳで見たんだよ。すげえ美人でスタイル抜群の！」

「どうでもいい」

砂浜に座り込んでいる修は、眉間にシワを寄せた。

「ごめん」仕事の電話を終えて追いついた水島健人が、二人に声をかけた。

「休日まで仕事かよ」修が立ち上がる。

「ホントおまえは仕事が好きだな」守は健人に言いつつ「先生まだかな」と、浜辺を見回した。

「あ、あれじゃね？」

修はカートを引っ張ってくる女性を指した。ラッシュガード姿の小柄な女性が近くまで来たけれど、足を止めて落ちているペットボトルを拾っている。

「いや……あれは違うだろ」守が言うと、修も「美人でもスタイル抜群でもないしな」と、頷く。

「失礼だから」注意しながら、健人は感じのいい人だな、と、女性を見つめた。

でも女性は健人たちに気づくと笑顔になった。

こっちに来るけどあの人じゃありませんように、と、守は手を合わせ祈っている。

「こんにちはー」女性はよいしょ、とカートを置いて名乗った。「担当の蒼井です。よろしくお願いします」

「あの、すみません。ＳＮＳで見た人と違います」守はすかさず言った。

「その子は今日風邪で来れなくなっちゃって。私が隣のスクールから代わりに来ました」

「うわああ」守は後ろを向いて悔しがり、修は一歩前に出て夏海を上から下まで眺めると「ちんちくりん」とひどい感想をもらした。健人は慌てて「おい」と修を叱ったが、夏海はケラケラと笑っている。健人はすみません、と謝った。

「大丈夫です。その分ノリでカバーしてるんで！」ガッツポーズをしつつも「でもまあ今ならまだキャンセルできますけど、どうします？」と、尋ねてくる。

「やります。よろしくお願いします」健人は頭を下げた。

「最高のサップ日和なので楽しみましょう！」夏海のはじける笑顔がまぶしすぎて、健人は目を細めた。

三人は夏海の指示に従って、ボードに座った状態でパドルを漕いでいた。沖に出たところでおそるおそる立ち上がってみたけれど、健人も修もすぐに海に落下した。

「いい感じですね。どんどん落ちてコツ掴みましょう！」夏海はふたりを励ました。

「おまえら、いつまでプカプカ浮いてんだよ。ワカメか」守は器用に乗りこなしている。

「ワカメ……たしかに」ボードに掴まって浮かびながら、健人は納得してしまう。

「大丈夫。コツさえ掴めばすぐに立てますよ」夏海が言うと、

「じゃあ、さっさとそのコツを教えろよ」修がふてくされた口調で言った。

「まずは素直に人の話を聞くことですね」夏海が言うと、

「……たかがインストラクターのくせに」修はさらに憎まれ口を叩く。

「じゃあ、いったん休憩しますか？　座って漕ぐのも楽しいんですよ」

夏海は健人のボードのそばに来て言った。

「できれば立ってみたいです」

「そう。人類の進化は立ち上がるところから始まってんだよ。おまえら退化してんぞ！　ほら、アルキメデスの原理」守が言う。

「アルキメデス？」夏海が首をかしげる。

「水中の物体はその体積と同じ水の体積分の重量と等しい浮力を受け……」

そう言いながら、修はよたよたと立ち上がった。が、すぐにまた落下した。

「ん？　呪文ですか？」

「小学生でも知ってる。流体力学の基礎だろ」偉そうに言いつつも、再び立ち上がろうとしている修は生まれたての子鹿状態だ。

「なんですか、それ？」

「じゃあパスカルは？　あ、ニュートンぐらいは教科書で読んだことあるでしょ」

守が言うと、夏海は「皆さん賢いんですね」と、感心している。

「はい。俺たち東大卒なんです。ザ、高学歴！」守は得意げに言った。

「じゃあ勉強お好きなんですか？」夏海は近くにいる健人を見た。

「え？　はい」

「うわ、そんなこと言う人いるんだ」

「……はい」健人が正直に頷いたとき、バシャンと大きな音がした。守が落下している。

「助けて！」守はパニックになって、もがいている。

「大丈夫。リーシュコードでつながってるから落ち着いて……」

夏海はそう声をかけて落ち着かせようとする。そう、通常ならば安全のためボードと足はリーシュコードというゴム製の紐でつながっているはずだった。しかし、守のボードは流されていった。

「うわあ、ダメだ。助けて！」助けを求める守のほうに向かって、夏海はサップを漕いでいった。

そして美しいフォームで海に飛び込んだ。そのまま泳いでいって守のウェアの襟元を摑み、ボードのそばまで連れてきて、その縁に摑まらせる。

「なんでしっかりコードつけてないの!?」

「……ホントにすみません」

「とにかく……無事でよかった。焦ったー」

ホッと息をつき空を見上げている夏海の横顔から、健人はしばらく目が離せなかった。

夏海はカートを引いてサップの艇庫が併設された食堂に戻ってきた。サップインストラクターをやりながら、夏海は父親の亮が経営する食堂『Ｋｏｈｏｌａ』も手伝っているのだ。というより、料理も担当する上、ホールもこなす。夏海がいないと食堂は回らない。

「手伝います。かなり迷惑かけちゃったし」

健人はボードの砂を落とす作業を手伝い始めた。夏海は「大丈夫です」と言いながら「個性的なメンバーですよね」と、着替えを済ませて待っている修たちを見た。守は明るいムードメーカーだが、修はエリート意識が強そうで、夏海の周りにはいないタイプだ。

「高校のときからの腐れ縁で」答える健人を、修たちが早く行こうと呼んでいる。

「行ってください。あとは大丈夫です！　お疲れさまでした！」

健人はすみませんといったんその場を離れたが、またすぐに踵を返し、夏海を見た。

「あの！　ありがとうございました！」そして丁寧にお辞儀をして去っていった。

健人たち三人は、海岸沿いの道を歩いていた。

「なんであんなバカそうな奴らに彼女がいて、俺たちにはいないんだよ！」

守がふざけて体をくねらせながら歩いていると、誰かと肩がぶつかった。

「どこ見て歩いてんだよ！　あー痛っ。これ病院行かなきゃいけないやつだわ」

派手なアロハシャツを着た、絵に描いたようなチンピラだ。

「そんなわけねえだろ。当たっただけで」修の言葉が、チンピラをさらに怒らせる。

「すみません。でも見たところお怪我はなさそうですし」健人が冷静に間に入った。

「あ？　若いくせにカネ持ってそうだな」

チンピラは、仕立てのいいシャツを羽織っている健人の胸ぐらを摑んだ。

「すみません　カネなら渡すんで見逃してください」守が財布を出しかけたとき、ビーチサンダルが飛んできて、チンピラの後頭部に当たった。

「あっすみません。興奮して走ったら、サンダル飛んでっちゃいました！」

夏海が片足でジャンプしながら近づいてくる。

「誰だおまえ？」

「ただの地元のインストラクターです」夏海はチンピラの前に立ちはだかった。

「この人たち、私の大事なお客さんなんで。大事な地元の、評判下げたくないんで」

押し問答が続いたが、夏海はチンピラに凄まれても一歩も引かない。

「……めんどくせえな！」チンピラは根負けし、舌打ちをして去っていった。

「この辺ああいう人多いから。気をつけてね」夏海は健人たちに注意をし、戻っていった。

「また迷惑かけちゃったな」守は申し訳なさそうにしている。

「まぁいいだろ。もう会わないし」

修の冷めた言い分を聞きながら、健人は夏海の後ろ姿を見送った。

蒼井家の居住スペースは食堂のすぐ裏にある、古い一軒家だ。夏海は朝早く起き、キッチンで二人分の弁当と朝食を作り始めた。おにぎりもたくさん握り、ひとつは自分で食べながら、家を出た。すれ違う顔見知りのサーファーたちにもラップにくるんだおにぎりを配り、夏海は食堂脇のデッキで壊れているボードの修理を始めた。

「夏海」聞きなれた声が、夏海を呼ぶ。幼なじみの牧野匠（まきのたくみ）だ。

「お、匠。おっす。あっ、そうだ。新メニュー考えてるからさ、今度味見してよ。キュウリ入ってないから」

「ならいい」

いつものように笑い合っていると、匠は置いてあった飲みかけのラムネを見つけた。「これちょうだい」と、許可も得ずに飲んでいる。

「何勝手に飲んでんの！」

「だからちょうだいって言ったじゃん」と、匠は意に介していない。「夏海はいつも優しいな。最高」匠は夏海の頭をポンポンと叩いた。「じゃあ仕事頑張れよ」と、大工の匠は現場に向かう。夏海は匠と目を合わせ、手を振り合った。

砂浜のゴミ拾いに出ると、滝川愛梨（たきがわあいり）が近づいてきた。

「おはよっ　今日の収穫は？」声をかけられて、お互いに満杯のゴミ袋を掲げた。

「毎日捨てていくから?」愛梨はいたずらっぽく夏海を見る。

「毎日拾う!」夏海は元気よく答えた。夏海たちは地元の海を愛している。だからきれいにするのはあたりまえだ。と、愛梨のスマホがピロンと音を立てた。

「おっ、来たっ」愛梨はマッチングアプリに登録したと説明し、次こそは絶対浮気しない男性を見つけるつもりだと張り切っている。

「とりあえず高学歴行ってみよっかなって。なんか新しい世界見れそうじゃん?」

そこにゴミ袋を持った小椋理沙がやってきた。

「ホイホイホイ、シュッシュ!」三人は丸くなって両手を叩き合い「ウィー、ハッ!」と、集合したときの儀式をした。

「東大どう?」愛梨がスマホを見て言うが、

「東大はやめとこ」夏海はすぐに否定した。「昨日サップでね、東大卒の人たちが来て。ダメだね。話が合わない。なんかずっとバカにされてる感じ?」

「まぁそう簡単に見つかんないって。白馬の王子様なんて」理沙が言う。

「いや古っ。じゃあオグねぇも一緒にやる?　一緒に探そうよ、王子様!」

愛梨は理沙に言った。二十三歳の夏海や愛梨より三歳年上の理沙の呼び名はオグねぇだ。

「いや私はいい。恋愛すると波風立つし!」

「その波に乗るんじゃん!　なっつんもそうでしょ?　匠のとこまでビューンってさ」

「今はいいよ」夏海は首を横に振った。

「人生もサップも、凪が一番だし。今の関係壊したくないじゃん」夏海はゴミ拾いを続けた。


匠は海沿いの道を歩きながら、スマホを開いて長谷川佳奈とのトーク画面を見ていた。

ついさっき送った『今度空いてる日ありませんか？』『会いたいです』というメッセージはすぐに既読になった。でも返信はない。立ち止まって電話をかけてみたけれど『応答なし』だ。電話を切って『俺がそっちに会いにいきます』と、送ってみると、またすぐに既読がついた。でも、メッセージは返ってこなかった。


アプリで知り合った東大生の別荘で夕方からパーティをすることになったから、夏海にも来てほしい。そう愛梨に懇願され、食堂の手伝いがある夏海は迷っていた。でも、父親の亮と、高校生の弟、海斗が二人で大丈夫だと言い張るので、少し遅れるけれど参加することにした。愛梨が料理を持っていくと言ってしまったらしく、夏海は食堂で出す料理の仕込みをするついでに、パーティ用の料理も大量に作ってプラスチック容器に詰めた。

準備を済ませた夏海が、エコバッグ片手に海を見下ろせる高台を上がっていくと、瀟洒な建物に辿り着いた。

「……すご」

別荘はプール付きの豪邸だ。デザインも凝っている。

「すみませーん遅れました」

声をかけると、中からドアが開いた。顔を出したのは昨日の東大生グループの一人、健人だった。

「先生！」二階にいた守は、吹き抜けから夏海を見下ろして声を上げた。ここは守の別荘らしい。

「よりによって、またコイツかよ」

バーカウンターにいた修が顔をしかめたが、健人はそれを軽く聞き流し、「じゃあビールでいい？」とみんなに尋ね、とりあえずパーティが始まった。

海を見渡せるテラスのテーブルを六人で囲み、修がワイングラスにビールを注いだ。

「こうすると熱が伝わらないから冷えたまま飲める。考えたらわかるだろ」

「へえ～」

女子たちが素直に感心したせいか、修は少し戸惑ったように横を向く。

乾杯して飲み始めると、話の流れで修は医師であることがわかり、愛梨は「健人くんは？」と、尋ねた。

「俺は建築会社の社員で……」言いかけた健人を遮り、「跡取り息子なんですよ」と守が言った。

「みんなはなんの仕事してるの？」守は女子たちに尋ねた。

「私は美容師」愛梨はアシスタントとして美容室に勤めている。

「私はクリーニング屋」と理沙が言い、「で、先生はサップか」と、守が夏海を見る。

「うん。それと食堂ね」

「あーそういえば表にあったな」

「それはオーナーさんとこのカフェ。うちは奥のほうでひっそりやってんの」

「ちゃんと経営できてんのかよ」修は相変わらず失礼だ。

「まぁなんとかなるでしょ。リフォーム貯金もしてるし」

「へえ。リフォーム」

隣に座っている健人が、夏海を見た。

「あ、じゃあ健人くんにしてもらえば？　ちょうどいいじゃん」愛梨が言う。

「たしかに。予約しとこ」夏海が言うと「そんなシステムねえよ。それにもう会うことないだろ」と、修が毒づいた。初対面からずっと、あからさまに態度が悪い。

これから仕事が忙しくなるので、健人たちはその前に休暇を取ろうと思ってここに来ているのだと言う。

「で、守くんはなんの仕事してんの？」愛梨が尋ねた。

「……あー腹減った」守は急に話題を変え「さっさと食お！　東京からいろいろ買ってきたから。どれ食べたい？」と、キャビアや高級チーズを出していった。こういうとき、料理担当として頼られるのは夏海だ。夏海がキッチンに行くと、健人が追ってきた。

「で……どうやって食べんの？」キャビアなど食べたことがない。

「クラッカーとか、パスタにのっけたりかな」

健人はキャビアの瓶を開けようとして、苦戦している。

「ちょっと貸して」夏海は瓶の底をぽんと叩いてから蓋(ふた)を回して開けた。

「裏ワザ。テレビでやってたよ」

「どういう原理かな。叩いた振動で中に圧力が加わって……」

考え込んでいる健人を見て、夏海はケラケラと笑いながら健人の腕を叩いた。

「原理とかどうでもいいじゃん！」

叩かれた健人は驚いたように、でも楽しそうな顔つきで夏海を見ていた。


テーブルの上にキャビアとチーズ、クラッカーを並べ、夏海は持参した料理の中からアジフライを取り出した。レタスと一緒にパンにはさみ、アジフライバーガーを作ると、みんながわあっと盛り上がる。でも修だけが貧乏くさいと文句を言っている。

「まぁそう言わずに、一口食べてみなよ？」と、勧めても「遠慮しとく」と素っ気ない。

「じゃあ俺食べていい？　すっごくうまそう」健人は言い、きちんと両手を合わせてから「いただきます」と、バーガーを手に取った。

「……うまっ」

「でしょ」

夏海は得意げに笑った。健人は、ふてくされている修におまえも食べてみろと勧めた。修は渋々食べ始める。

「旨いでしょ？」健人は尋ねた。

「……まずくはない」

「美味しいってことです」健人は通訳するように、修の本音を説明した。

夏海がキッチンで皿洗いを始めると、健人が食器を持ってきた。手伝うと言う健人に、じゃあ洗った食器を拭いて、と頼んだ。

「了解」健人は引き出しから布巾を取り出した。

「あーなんか緊張する。こんなお洒落な皿洗ったことないし。ブランド物かな？」

「母親が食器にはけっこうこだわってて」

「やっぱりあなたの家なんだ。あの人の別荘ってことにしてんでしょ」

「……そう」

「オッケーわかった」

そういうことにしておこう、と、夏海は察した。

「それにしても広いよね。お風呂場がうちのリビングぐらいあったよ」

「そんなわけないじゃん」アハハと笑う健人を、夏海はじっと見た。「え、本気？」

「本気。こんな冗談言う奴いないっしょ」

「あっごめん」

「こんないいとこ、たまにしか来ないのもったいな！　代わりに泊まろっか？」

「えっ本気⁉」

「こっちは冗談でしょ」

「……判別が難しいな」健人は首をひねっている。

「え……本気？」今度は夏海が聞いてしまった。

洗い物を終え、ふたりはワイングラスを逆さにしてホルダーに吊り下げた。

「ありがと。おかげで花火間に合いそう。こんな上から見るの初めてだから楽しみ！」

「先生、花火好きなんだ？」

「嫌いな人いないでしょ。てか先生って……」呼ぶのはやめてと言おうとして、手にしていたワイングラスを落としそうになった。「おっと危ない！」慌てて摑み直すと、首元のネックレスが大きく揺れた。

「あ、クジラ。ホエールテールだよね」健人がチャームを見て言う。

「よくわかったね。昔、お母さんからもらってさ」

「クジラ好きなんだね。あ、だから店の名前もＫｏｈｏｌａ。ハワイ語でクジラでしょ」

「お、さすが東大」

「俺もクジラ好きだから。子どもの頃は海洋生物学者になりたくて。まぁ、なれなかったんだけどね」

「なれなかったの？　東大出ても叶わない夢ってあるんだ。東大に受かるぐらい賢い人って、やりたいことなんでもできて、何にでもなれるんだと思って。なんかちょっと安心したかも。一応、おんなじ人間なんだね」

「なにそれ」健人は笑った。

「あー、喉渇いた！」

「じゃあこれ一緒に飲む？」健人はテーブルの上の瓶ビールを手に取った。

「あ、栓抜きないかも。置いてなかったかな……」

夏海は健人が開けた引き出しからナイフを出した。そしてナイフでコンコンコン、と、瓶の側面を叩いて、そのまま栓を下から押し上げた。栓は勢いよく飛んでいく。

「うわ、何それ」健人は目を丸くしている。

「やってみる？」夏海はナイフを差し出した。健人はもう一本あったビール瓶を叩き始める。「下から……こう、刃を上にして、シュポーン」夏海が指導すると、栓が開いた。

「イエーイ！」

二人がハイタッチを交わしたとき、愛梨が慌てて入ってきた。

「なっつん、ヤバい。見て！　たまたま見たらさ」

差し出された愛梨のスマホの画面には海斗のSNSが表示されていた。

『姉ちゃんいないと店回らない』と、泣き顔の海斗の背後には悲惨な店内の様子が映っている。

ハッシュタグは「#やばい」「#絶望」「#ヘルプ」「#だめだ」「#どうしよう」だ。

「……やっぱ二人じゃ無理だったか。ごめん、私帰る。みんなで楽しんで」

お邪魔しました。頭を下げて、夏海はキッチンを飛び出した。


食堂に戻ると、亮が客に絡まれてぺこぺこしていた。

「さっきからすみませんしか言えねえのかよ！」

「……じゃあ他に何言えばいいいんだよ？」

ついに亮もキレてしまい、二人は一触即発の雰囲気だ。

「姉ちゃーん……どうしよ」海斗は少し離れた柱に隠れるようにして怯えていた。他の客たちは食事の手を止め、亮たちの様子をちらちらとうかがっている。

「お父さん何してんの!?」夏海は飛び込んでいき、客に頭を下げた。「うちの父がすみません。一生懸命やってるんですけど、ほんと不器用で……　せっかく来てもらったのにすみません」

夏海がお父さんも謝ってと促すと、亮も渋々「すみませんでした」と、頭を下げた。

「こんな店来なきゃよかったよ！」

ケンカしていた客はまだブツブツ言っているし、他の客たちも、頼んだ料理がまだ来てないやら注文すらまだできていないやらと、クレームを夏海にぶつけてくる。

「皆さん本当にすみません。お詫びになんでも一品サービスします！」

もうこうなったら儲けは度外視。夏海は客たちに向かって叫んだ。


すっかり日が暮れたリビングに、健人は間接照明を灯した。雰囲気はいい。でも夏海がいなくなり、健人の気持ちは盛り下がっていた。

「なっつんがいないと寂しいよ」愛梨もため息をついている。

「世話係がいなくなったからか？」修が言う。

「は？　なっつんはそんなんじゃないし。あんたってなんで嫌味しか言えないの？」

「嫌味？」

「もしかして自覚ない？　今時アウトだよ」愛梨に言われ、修は「アウト？」と首をひねっている。愛梨は「わかんないならいい」と、呆れ果てていた。

「サプライズ用意してたの。明日、なっつんの誕生日だから」

理沙はバッグからラッピングされたプレゼントを取り出した。そこには、クジラ柄のタオルや、日焼け止めなどのグッズが入っている。

「……そうなんだ」健人は呟いた。


夜も更け、花火の時間が近づいてきた頃、理沙が帰らなきゃと立ち上がった。

「え、姉さん帰っちゃうの？」守が驚きの声を上げる。

「姉さん？　同い年だろ」理沙は笑った。きりりとした顔立ちと落ち着いた物腰で大人びているが、さっき話していて、理沙と男性陣は二十六歳で同じ年だと判明した。

「大事な電話来るから。ゴメン」

「あ、春樹くん？」愛梨が尋ねると、理沙が頷いた。

「えっ男!?」守が言うと、理沙は「まあね」と笑い、帰っていく。

「じゃ、お邪魔しました」

それなら一緒に帰る、と、愛梨も別荘を後にした。


花火大会が始まった。派手な音を上げ、夜空に鮮やかな花が咲く。

「やっぱ夏は花火だよな」

守は修と一緒に花火の見えるベランダに移動した。健人も続こうとしたが、スマホが鳴ったので、手に取った。

「愛梨ちゃん可愛かったなぁ」

「どうせ尻軽だろ」修は吐き捨てるように言った。

「修くん、そんなにハードル上げてたらいつまで経っても童貞のままだぞ」

「そんなこと言える立場じゃないだろ。おまえだけ東大卒じゃないくせに」

「東大だろ？　東横大だから東大！　大丈夫大丈夫。絶対バレないって」

「たしかにもう会わないしな」修にとってここでの数日はあくまでも息抜きだ。

「……今の案件は週明けから本格的に進める予定。大丈夫。父さんたちをがっかりさせるつもりはないから」

　おやすみなさい、と、健人が電話を切ると、守が近くにやってきた。

「お坊ちゃんも楽じゃないな。親の期待に応え続けるのも大変だ」

「だとしても結局はＷｉｎ－Ｗｉｎだろ」修が言う。

「たしかに。確実に報われるもんな。次期社長は」

「んー、そうかな」健人は苦笑いを浮かべた。

「何が不満なんだよ？」

「……なぜかずっと、他人の人生を生きてる気がしてさ」

　それだけ言うと、健人はベランダに出て、花火を見上げた。

　理沙は海沿いの道路を歩きながら息子の春樹と電話をしていた。

「どう？　お父さんとこにお泊まりして」

理沙が十八歳のときに産んだ春樹は、離婚した元夫――春樹の父親の家に泊まりにいっている。

「楽しい！　今日はお父さんと買い物いった！　ゲーム買ってもらったんだよ！」

「じゃああと二週間、お父さんの言うこと聞いて、いい子にしててね」

「うん。あ、お父さんが代わってだって」

春樹に言われて困惑していると、「もしもし」と元夫の村田翔平の声が聞こえてきた。

「あ、春樹大丈夫そうだね。ホームシックになるかなって心配してたけど」

「全然。楽しくやってるよ……あのさ」

「ん？」

「やっぱり春樹は俺が引き取って東京で育てたほうがいいんじゃない？」

翔平は理沙より六歳上の三十二歳。東京出身で、いまも東京で働いている。

「は？　なに言ってんの？　いまさら」

「春樹だって東京が楽しいって言ってるし。子どもなんだからすぐ慣れるって」

「春樹は私がここで、一人で育てるから」

「……とにかく考えといて。また電話するから。じゃあおやすみ」

電話は一方的に切られた。待ち受け画面にしている春樹の写真を見つめ、スマホを手にしたまま頭を抱えた。と、そのとき、勢いよく花火が上がった。音にビクリとし、スマホが宙に浮いた。

キャッチしようとしてバランスを崩した理沙は、そのまま夜の海に落ちた。もがいたけれど、ひらひらした袖が邪魔でうまく浮上できない。と、男性が現れ、近くにあったブイを投げてくれた。でも摑めない。もがいていると男性が飛び込んで泳いできてくれ、理沙の体を摑んだ。そして男性が唇を近づけてきて……その記憶を最後に、理沙は意識を失った。


翌朝、理沙は窓から入ってくる光で目を覚ました。

「生きてた……」

上半身を起こすと、裸だった。

「ん?」布団の中の下半身を見ると、やはり何も着けていない。というより、ここはどこだろう。え? と、隣を見ると、眠っている男性の広い背中が見えた。

「いやいや……ないない」自分に言い聞かせながら、そっと手を伸ばして男性がかけている布団をめくってみた。彼も全裸だ。

「キャー!」

「うわあっ、なんだ!?」男性が飛び起きた。

「いやー!」理沙は半狂乱になって、クッションを投げつけた。

男性をとりあえずベッドから追い出し、さらにキッチンに追いやって仕切りのドアを閉めた。

理沙は窓辺に干してあった自分の服を素早く身に着けた。

「だから！　ジョギングしてたらあんたが溺(おぼ)れてたから助けた！　キスじゃなくて人工呼吸！　何回言わせんだよ！」

男性は早川宗佑(はやかわそうすけ)といい、ここは宗佑がひとりで暮らすアパートなのだという。

「じゃあなんで裸なわけ⁉」

「……それは服が濡れてたから」

「私はね⁉」

「俺は裸で寝るのが癖なんだよ！」

「あり得ない！　てかなんで一緒に寝てんのよ？」

「それはあんたが俺の部屋で休みたいって言ったからだろ？」

「そうなの？」理沙はドアを開け、Tシャツと短パンを身に着けた宗佑に問いかけた。

「覚えてないのかよ？　どうせ信じないだろうけど……」

歯ブラシをくわえながら理沙を見つめる宗佑の顔を正面から見て、理沙はハッとした。

「なんだよ」

「瞳がまっすぐだね。嘘つくような人に見えないから、信じる」

理沙が言うと、宗佑は彫りの深い大きな目をさらに見開いた。

「ごめん、助けてもらってんのに言いすぎた。ありがとう。あなたのおかげで生きてる」

「おう」

「あ、ヤバい。遅刻する！」

仕事に行くと慌てる理沙に、宗佑は今日ぐらい休んだほうがいいのでは、と言った。

「大丈夫。私、体力バカだから。あ、寝るときは服着たほうがいいよ。じゃあありがとう」理沙はアパートを飛び出した。


健人はエコバッグを手に、夏海の食堂を目指していた。夏海は屋外で大きなバケツを使って、ウェットスーツをじゃぶじゃぶ洗っていたが、健人に気づいて顔を上げた。

「あれ、どしたの？」

「これ返しにきた。ごちそうさまでした」食べ物の入っていた容器が入ったエコバッグを夏海に手渡す。「昨日大変だったでしょ。大丈夫だった？」

「大丈夫じゃなかったけど……大丈夫にした」

「さすが」健人は笑い、ウェットスーツを干している夏海を見た。「働き者だよね」

「仕事だし」

「でも、昨日もいろいろやってくれたでしょ」

「ついやっちゃうの。おせっかいだからね。人にやってもらうの待つより、自分でやっちゃう」

「甘えるのが苦手ってこと？」

「どうだろ。ちっちゃい頃からやってたし、それがあたりまえって感じかな」

「子どもの頃から？」

「うん。うち、お母さんいないからさ。子どもの頃出ていっちゃって。だからお父さんと弟の三人家族」

「あ……ごめん」

「いや。別に謝ることないよ」

そう言われたのに、健人はまた「ごめん」と言ってしまった。慌てて話題を変えるように「弟さんは学生なの？」と、尋ねてみる。

「うん。高三」

「お、もうすぐ受験だね」

「受験はたぶんしないけどね。大学行かないって。スマホばっか」

「大学は行ったほうがいいんじゃない？」健人にとってはそれがあたりまえだ。

「……そうだろうけど。高卒で働くなんてあり得ないってこと？」

「でも興味のあることを学ぶのは楽しいし」

「楽しいって。結局親のお金でしょ」そう言われてしまい、健人は黙り込んだ。

「なんかいちいち違うね。私たち」

「……そうかもね」

気まずい空気が流れたとき、肩に椅子をかついだ男性が近づいてきた。

「これ、できたから」

「ああ、匠。もうできたの？　すごっ」夏海はその男性から椅子を受け取った。

「知り合い？」匠と呼ばれた男性が健人を見た。

「知り合いっていうか。愛梨の友だちの友だち」夏海はそう言い、健人を見て「私の幼なじみの匠」と、紹介した。

「はじめまして」健人は挨拶をした。匠は日に焼けて精悍な雰囲気だ。

「本当に愛梨の友だち？」匠は健人をジロジロ見た。え？　と驚く健人に「真面目そうだから」と言った。

「頭いいんだよ。東大卒」夏海が言うと、

「え、マジ？　俺たちとは住む世界が違うな」匠は無邪気な表情で言った。さっきの気まずい空気を思い出し、健人と夏海は思わず顔を見合わせてしまった。

「……じゃあ店の準備あるから」

夏海が言うと、匠も並んで歩き出した。でも夏海はすぐにつまずいた。

「うげ。また直さなきゃ」ペパーミントグリーンのビーチサンダルの鼻緒が切れている。

「直そうか」

「やだよ。釘打たれちゃうじゃん。これぐらい自分で直す」

笑いながら食堂に入っていく二人の後ろ姿を、健人は黙って見送っていた。

食堂で夏海が椅子の座り心地を確かめると、ちゃんと直っていた。匠も満足げに椅子に座る夏海を見ている。

「今から仕事でしょ？　行ってらっしゃい」夏海はバシッと匠の肩を叩いた。

「痛っ！」匠は肩を押さえた。

「怪我？」

「怪我ってほどじゃ。ちょっと傷めてて」

湿布を貼ったから大丈夫だと言い張る匠が心配になり、夏海は見せて、と言った。匠はいいよ、と面倒くさそうにしたが「いいから！　脱げ！」と、無理やりTシャツを脱がせた。見慣れているはずの背中なのに、急に照れくさくなる。

「はい座って」

夏海は匠を椅子に座らせ、雑に貼ってある湿布をはがした。

「ここ？」

匠の背中にてのひらを当てる。

「んー、もうちょっと上」

「ここ？」と、湿布を貼り直し「はい、行ってらっしゃい」と、また背中を叩いた。

「あ、夏海。これ」

匠は握った拳を差し出してきた。夏海が手を広げると、木彫りの小さいクジラをのせてくれた。

「休憩中にちょっとずつ彫った」

「え？　手作りなの？　すご！　やっぱ器用だね」

「誕生日おめでとう」

「覚えてたの？　ありがと」夏海は照れ笑いを浮かべた。

「お金なくて、こんなのでごめんな」

「何言ってんの。お金じゃなくて気持ちじゃん」

「そうだ。今日飯でも行く？　奢るよ」いつになく、やさしい口調で言う。

「やったー！　じゃあお昼抜いてこ！」

胸がドキドキと高鳴っていることを隠すように、夏海はおどけた口調で言った。


「あ、守くん」

Ｋｏｈｏｌａ食堂に理沙と連れだってランチを食べに来た愛梨が、スマホを見て、守からメッセージが届いていると言った。

「あーアイツね。いいじゃん。別荘持ちで東大卒」理沙が言う。

「何言ってんの。どう見ても守くんの別荘じゃなかったじゃん。残り二人のどっちかだな」愛梨は言い、カウンターの中にいる夏海に「どう思う?」と、声をかけた。

「えっ、どうだろ？」夏海はとりあえずとぼけてみる。理沙は愛梨に守はアリかナシかと尋ねている。

「どうかな。少なくとも修くんよりはいい人そうだけど」

「あのいちいち嫌味な奴ね」

「逆に新しい世界見れると思う？」

「私に聞かないでよ。東京人ととっくに失敗してんのに」理沙は豪快に笑い飛ばした。

「あ、そういえば昨日大丈夫だった？」

「ああ、びっくりしたわ。朝起きたら隣に全裸の知らない男いるんだもん」

は？　何それ？　と、愛梨と夏海は同時に声を上げた。

「初耳だから！　元旦那との電話はどこいった？」

愛梨は食事の手を止めて理沙を見た。

「あーそっちね。そっちもけっこうやばくて」

「いや、もう大渋滞。何から聞けばいい？」

「待って待って。じゃあ知らない人とやっちゃったってこと？」

夏海は二人に割って入り、とりあえず状況を整理した。

「あっ大丈夫。やってはないらしい。海に落ちて溺れたことは覚えてんだけど、そこからの記憶が……」

「生きててよかったよね。もうどっちでもいいもん。全裸でもやっちゃっててもね」

夏海が言うと、愛梨が理沙に相手はどこの誰かと尋ねた。

「それがわかんないんだよね。命の恩人だし、名前ぐらい聞いとけばよかったな」

「なかなかないもんね。命救われることなんて」

はい、サービス、と、夏海は二人にドリンクを出した。

「で、なっつんは匠とご飯でしょ？」愛梨が話題を変えた。

「誕生日ディナーじゃん」理沙もニヤリと笑う。

「いつものとこだけどね」

期待していないふりをしながらも、夏海は真面目な顔で二人を見た。

「……匠にさあ。ハッキリ言ってみよっかなって」

「えっマジ！」

「とうとう告白？」

「いや告白っていうのかわかんないけどさ。このままじゃ今年の夏もいつも通りだし」

「行け、なっつん！　いい波来てる！」愛梨はイケイケだ。

「乗れるかな？」

「乗っちゃおー！」

愛梨と理沙は声を合わせて言い、二人でパワーを送ろうと立ち上がって目を閉じた。

「パワー！」二人は祈りを込めて、夏海に向かって両手を突き出した。

「パワー！」夏海もありがたくパワーをいただいた。


匠とは行きつけの居酒屋で六時に集合することになり、夏海は支度のため自宅に戻った。玄関を上がってすぐのところにある鏡に全身を映してみる。いつものTシャツとデニムは、なんだか違う。夏海は青いノースリーブのトップスと白いパンツに着替えた。上にレースの透かし編みのカーディガンを合わせ、ばっちりだ。


仕事を終えた匠は店に向かっていた。六時の約束に遅れそうなので夏海に『ちょっと遅れる。先に入ってて』とメッセージを送ると、すぐに『了解』のスタンプが返ってきた。急がなくては。匠は駆け足で海岸沿いの橋を渡った。

「牧野くん！」

どこかで、匠を呼ぶ声がした。あの声は……。立ち止まって声のしたほうを見ると、道路をはさんだ反対側の歩道で長谷川佳奈が手を振っていた。

匠は道路を渡り、佳奈のもとにかけつけた。

「急に漕げなくなっちゃってさ」

レンタルした自転車が急に故障して、橋の上で立ち往生していたのだという。

「これぐらいなら俺でも直せます」チェーンをチェックして、匠は言った。「ちょっと時間かかるけど」

それでも、自分が直したい。佳奈の役に立ちたい。匠は強く思った。

「全然大丈夫。牧野くんいてくれて助かった」すぐ近くにしゃがんでいる佳奈が、匠の肩にポンと触れ、ニコッと笑う。匠はドキリとしながら、どうにか笑みを返した。

キュルルルルル。お腹が派手に鳴った。周りの客の視線を感じ、夏海は恥ずかしくなってお腹を押さえた。約束の時間をずいぶん過ぎているのに匠は来ない。

スマホを取り出すと、もう七時半だ。『大丈夫？』夏海はメッセージを送った。

日が沈み、辺りは暗くなってきた。匠はスマホのライトをかざしながら地面に這いつくばって、修理を続けていた。工具の代わりに硬貨を使ってネジを締め、ペダルをぐるぐる回してみる。

「直りました」

「すごい！　ありがとうございます！」佳奈はおどけた口ぶりで言い、ぺこりと頭を下げた。「あ、手汚れちゃったね」

「いや、大丈夫です」匠が手を後ろに回した途端に、

「服で拭かない！」と、佳奈が匠の手を取った。そしてハンカチを出し「もう！」と、手を拭いてくれた。匠は目の前の佳奈の顔を見つめていた。

「じゃあそろそろ帰ろうかな。遅くなっちゃった」

「送っていきましょうか？　危ないし」

「ううん、大丈夫。旦那が迎えにくるから」佳奈はあっさりと言い、自転車のハンドルを摑んでスタンドを蹴った。

「……そっか」匠は取り残されたように突っ立っていた。

「あ、そうだ。来月また引っ越してくることになったの。旦那の転勤でね。今日はその下見」

「……じゃあまた会えますか？」

「うん。会ったらよろしく」

「会いにいきますから」匠はたたみかけるように言った。佳奈は困ったように笑う。

「……やめとこ。仕事忙しいんでしょ」

じゃあね、と、佳奈は自転車を押していった。匠は現実に戻りスマホを取り出した。ずっとライトを点けていたせいで、充電が切れていた。

初めはテーブル席に案内された夏海は、店が混んできたのでカウンター席に移っていた。もう何度もスマホをチェックしているけれど、匠からの既読はついていない。

「うわ、めっちゃ濡れた」入ってきた男性の声で、夏海はドアのほうを見た。

「よかったね、入れて」連れの女性もずぶ濡れだ。いつのまにか雨が降ってきていた。

「あ、すみません、いま満席で……」店長は申し訳なさそうに断っている。

「……あ、ここ空いてますよ」夏海は見かねて立ち上がった。

「なっつん、いいの？」

店長が言うが、夏海はいいのいいのと笑い、傘を借りて外に出た。もう一度スマホをチェックしたけれど、まだ既読になっていない。あきらめて歩き出したところで「夏海！」という声が聞こえた。振り返ると、匠が雨の中、走ってきた。

「ごめん」

謝る匠に、夏海は傘をさしかけた。

「よかった。事故にでも遭ったのかなって心臓バクバクしてた」

「本当にごめん。携帯の充電切れてて」

「いいって。それよりびしょ濡れだけど、大丈夫？」

「帰ってると思ってた」

匠の言葉が意外で、夏海は「え？」と言った。「こんなに待たされて、怒って帰っただろうなって」

「そんなわけないっしょ」

夏海が笑うと、今度は匠が意外そうな顔をした。

「なんで？　普通怒るだろ。こんなに待たされたら」

なんと答えようか。夏海はしばらく考えて、頭一つ背の高い匠を見上げた。

「……好きだからじゃない？」

「えっ？」

「好きな人のことなら、いくらでも待てるでしょ」

「え……本気？」

問いかけられ、夏海は無言で匠を見ていた。匠は目を伏せ、じっと考えた。

「ごめん」

匠は顔を上げて夏海を見つめた。「俺、夏海のこと女として見たことなくて」

申し訳なさそうにしている匠の姿がいたたまれなくなり、夏海はバシッと肩を叩いた。

「痛っ」

「何信じてんの!?　冗談に決まってんじゃん！　遅刻した罰」

「……演技上手すぎだろ」

「でしょ」

夏海はイエーイとVサインを出しておどけてみた。「明日も早いし帰ろっかな」

「え？　飯は？」

「待ちきれなくて食べちゃった。もうお腹いっぱいだよ」夏海は勢いよく匠に傘を押しつけ、走り出した。「今度はちゃんと奢ってよ。ね!」

泣きそうだった。泣いていた。でもその顔を見られたくない。走りにくいビーチサンダルで、夏海は濡れたアスファルトの上をひたすら走った。

部屋に駆け込み、そのままベッドにダイブした。鳴き声を殺し、足をばたつかせてもがいていると、窓辺に飾った木彫りのクジラが、シーツの上にポトリと落ちた。

翌朝、夏海は気持ちを切り替え、朝から忙しくインストラクターの仕事をこなした。午後、食堂に戻ってくると、亮が「ナイスタイミング!」と、声をかけてきた。

「出前入ったけど、行くか?『えのすい』」

ドヤ顔で尋ねてくる亮に、夏海は二つ返事で「行く」と答えた。

新江ノ島水族館に配達にいくと、スタッフが水族館を見ていけば、と言ってくれた。何度見ても水槽の魚たちは鮮やかで美しい。見とれていると、メッセージが着信した。愛梨からだ。

『昨日どうだった?』

『乗る波間違えた!』夏海はすぐに文字を打ち、返信した。スマホをポケットに入れて帰ろうとすると、目の前から健人が歩いてきた。

「あ」二人は同時にお互いに気づき、立ち止まった。

二人は一緒に水族館を出て、午後の日差しの中を並んで歩いた。

「まだ帰ってなかったんだ」

「うん。明日」

「もう会わないと思ってたのに、こんなに何回も会うことある？」

夏海に言われ、健人は少し黙った。もう会うことはない。修が何度も言った言葉を、健人もその通りだと思ってはいた。でも、また会えたということは……。

「あ、そういえば言ってたもんね。えっと、あの、海の、博士の……」

「海洋生物学者」

健人はまぶしさに目を細めながら、西の空を見上げた。太陽が水平線に近づいている。

「……夕陽ってこんなにキレイだったんだ」

「でしょ」

「毎日見てるの？」

「うん。毎日見ても、毎日キレイだよ。沈む瞬間が、すごく好きで」

「へえ、見てみたい」

健人が言うと、夏海は「うーん」と言いながら右手を横に向けて太陽にかざした。

「あと一時間ぐらいかな。太陽にこうやって合わせて。指一本、十五分。日没まで」

指をぴったりつけて太陽と水平線の間にかざしてみるのだという。健人も夏海を真似てみた。

水平線の間に、ちょうど小指から人さし指までの指がはまる。

「けっこう当たるよ」

「……すごい」健人は片目をつぶり、真剣に指を合わせてみた。「海の上から見たら、たぶんもっとキレイだよね」

「そうだね。うちのスクールでもそういうプランあって……」

「行こう」

「えっ？」

「見にいこう！」健人は夏海の返事も聞かず、海に向かって走り出した。


二人はサップボードを漕ぎ、沖までやってきた。ズボンの裾をまくって立ち漕ぎをしている健人は、夏海が教えたときとは見違えるようにうまくなっている。

「いつの間に練習してたの？」

尋ねてみると、健人はその質問には答えずに太陽に右手をかざした。

「……あと十五分だね」

夕陽と水平線の間に、健人の人さし指が一本。

夏海はうなずき、二人はボードに座った。穏やかな波に揺れているうちに、最初は距離があった二人のボードが横にピッタリ並んだ。コン、とボードが当たると、二人は顔を見合わせ、笑い合った。健人は夏海のボードに手を伸ばして離れないようにぴったりと寄せた。夏海も健人のボードに手を伸ばし、二人はゆらゆらと揺れながら、無言で夕陽が落ちていくのを見つめた。


夏海と健人は、すっかり日の落ちた砂浜を並んで歩いた。

「けっこう濡れちゃったね」

健人は革靴を手に持ち、裸足になっている。

「すぐ乾くよ」

海と食堂を往復する毎日を送る夏海は、たいてい自然乾燥だ。

「楽しかったな。週末」

「よかったじゃん」

夏海が言ったのと同時に、夜空に花火が上がった。「わっ、今日も花火だったっけ。きれい……」

夜空を見上げていると「なっつーん！」「先生！」と呼ぶ声がした。見ると、愛梨と理沙、そして守と修が砂浜に下りる階段から大きく手を振っている。とはいえ、修だけはポケットに手をつっこんでつまらなそうに突っ立っている。

「みんな！　えっ、なんで？」

夏海は健人を見た。

「誕生日サプライズ。本当は、パーティの日にやるはずだったらしいよ」

「えー、やばい。みんな最高！」

夏海もぴょんぴょんジャンプしながら手を振り返した。

「二人とも早くおいでー！」愛梨に呼ばれ、夏海は走り出した。でもビーチサンダルが脱げて、すぐに砂浜に転んでしまった。

「大丈夫!?」健人が慌てて駆け寄ってくる。「ちぎれちゃったね」

「最高と最悪が、一緒に来た」

ビーチサンダルは完全に壊れていた。

「あのさ……これ」健人はバッグから袋を取り出して渡した。「本当はあとで渡そうと思ったんだけど」

「え？　なんで」夏海が中身を取り出すと、新しいビーチサンダルが現れた。明るい黄色のサンダルは、暗闇の中でも鮮やかだ。

「誕生日はプレゼントが必要でしょ。履いてみて」

「あっ、一緒だ」

夏海はホエールテールのチャームを健人に見せた。ビーチサンダルの鼻緒にも、同じ形の飾りがついている。

「これで、最高のほうが勝つ?」健人は夏海の表情をうかがっている。

「……どうかな」

夏海はドキリとしたのを隠して立ち上がった。健人が砂浜に並べてくれたビーチサンダルを履こうとしたけれど、照れくさくて焦ったせいなのか、バランスを失ってしまった。

「わっ」

よろめく夏海を、屈んでいた健人が受け止めてくれた。

「大丈夫?」

健人は紳士的な態度で、肩を摑んで立たせてくれる。

「ごめん」

夏海は慌てて健人から離れた。

「足、出して」

「でも……」夏海はためらった。でも健人は「いいから」と言う。夏海は健人の肩に手を置いた。

健人は夏海の足を持って、ビーチサンダルを履かせてくれた。

「決めた。やっぱり帰らない」

「え?」

「好きになったから……この街が」

健人は立ち上がり「誕生日、おめでとうございました」と、ぺこりと頭を下げた。

「過去形？」

「一日ずれちゃったから」

「じゃあ……ありがとうございました」

ふたりが笑い合ったとき「全然来ないじゃん！」と、愛梨たちが駆け寄ってきた。

「ごめんって！」

「花火がキレイだったから、つい」

夏海と健人が言ったとき、クライマックスの大きな花火がいくつもはじけた。

「やっぱ花火はいいなぁ！」守は空を見上げてしみじみ言った。

「この前も見ただろ」修がすぐにツッコんだが、理沙が「関係ないじゃん」と笑う。

「だから見飽きるだろって話」

「飽きないよ」愛梨は言い「ね？」と、夏海を見た。

「うん。飽きないね」夏海が言うと、

「毎日見ても、毎日キレイだよ」少し離れたところに立っていた健人がぽつりと言った。

さっき夏海が言った言葉だ。健人を見ると、目が合った。健人は笑いかけ、そのまま夜空を見上げた。夏海ははにかんでうつむき、海を見つめながら花火の音を聞いていた。

Chapter 2

潮風が心地いい早朝の砂浜。いつものようにゴミ拾いをしていた夏海は、ふと手を止めて海を見つめた。しばらくの間、波の音に包まれ、立ち尽くす。

「失恋にはやっぱ海だよね」

いつのまにか、愛梨が隣に立っていた。

「うん。海見とけば大体のことは大丈夫」

反対側の隣には、理沙がいた。

「何言ってんの」夏海は二人に反論した。「違うに決まってんでしょ！」

「お？」理沙が反応し、夏海たちのほうに体を向けた。「おおおお？」愛梨も反応し、三人は向かい合って手をパチパチと合わせながら「ホイホイホイ！ ウイー、ハッ！」と、いつもの儀式をしてハイタッチをした。

「波見てただけ。今日もレッスンあるから」

夏海はそう主張したが、「なんだ。匠にフラれてしみじみしてんのかと」理沙は容赦ない。

「でもごまかしたんでしょ？　じゃあフラれてはないじゃん」愛梨が言う。

「どっちみち、私のことは女としては見てないみたいですから」

開き直って言うと「そんなの普通本人に言う⁉　マジあり得ない」と、愛梨が代わりに怒ってくれた。

「ま、でもハッキリ言ってもらったほうがあきらめつくよ」

「え、あきらめたの？」

二人が夏海の顔を見る。

「え？」これできっぱりあきらめるべきなのか……。自分の本当の気持ちがわからなくなって、

「あーー！　なんであんな奴のこと好きになったんだろ！」海に向かって思い切り叫ぶ。

夏海は海に向かって走り出した。

「なっつーん！」愛梨が追いかけてきて夏海をハグし、理沙も加わって「好きなのは仕方ないよ」と、背後から頭や背中を撫でてくれる。

「でもさ、新しい波も来てるじゃん？」愛梨はそう言いながら、夏海の足元を指さした。健人からの誕生日プレゼントのビーチサンダルだ。

「たしかに。わざわざ探して買ってくれたんでしょ。ネックレスと同じの」

「やばいよね！　絶対好きじゃん」

理沙と愛梨は二人で盛り上がっている。

「これはたまたまだから」

「でもちょっとは気になるでしょ?」

「傷ついてるときに優しくされるとね」

二人は夏海よりノリノリだ。

「ないない。第一、もう会うことないから」

別の世界の住人だし、健人とはこれ以上発展することはない。

「あ、そっか。もう東京帰っちゃったんだ。連絡先知ってんの?」理沙の問いかけに、夏海は
「いや、知らないよ」と言った。

「もったいなっ! 聞けばよかったのに」愛梨は自分のことのように残念がっている。

「だって必要ないじゃん」

夏海がそう言ったとき、背後で「あの……」と、声がした。

三人が同時に振り返ると、健人がいた。今日も質の良さそうな長袖のボタンダウンシャツを着ている。

「え、幻!?」愛梨が言うと、健人は「ん?」と、目を細めた。

「帰ったんじゃなかったの?」理沙が尋ねる。

「あ、やっぱりしばらくいることにして」

健人の言葉を聞いた愛梨と理沙が、意味ありげな顔で夏海を見た。夏海はコラッと二人を睨ん

だけれど、健人は気にせず、手に持っていたペットボトルを見せた。

「これ、向こうに落ちてたから」

「あ、どうも」夏海はゴミ袋を広げた。

「健人くん、タイミング完璧！　なっつんが健人くんの連絡先知りたいって」

愛梨は健人のほうに夏海を押した。まるで中学生のようなノリだ。

「ああ、いいよ」健人はスラックスのポケットからスマホを取り出そうとした。

「あ！　私サップの予約あったんだった！」

夏海は恥ずかしくなり、そう言うやいなや「行くね！」と、走り出した。


健人はランチ時にＫｏｈｏｌａ食堂に顔を出した。と、いきなり「早くしてよ」と尖った声が聞こえてきた。海斗が会計をしているが、レジの調子が悪いようで客が怒っている。客席は混み合い、亮はホールの対応で手いっぱいだ。

「時間ないからさ」

「すみません。レジ壊れちゃって……」

海斗は電卓を手に、伝票と見合わせながら打ち始めた。でも遅い。

「僕やりましょうか？」健人は申し出た。

「え、誰？」

「えっと……お姉さんの……友だち？」

「姉ちゃんの？」

「計算得意だから」健人が言うと、海斗は伝票を差し出した。チラッと見て「三九五〇円です」と、あっという間に計算した健人を、海斗は「すげぇ」と尊敬のまなざしで見た。

「ごめん遅くなった！」

そこに、夏海が飛び込んできた。亮と海斗がおかえり、と声をかけている。健人に気づいて驚いている夏海と目が合ったので、健人は「あ、おかえり」と、笑いかけた。


ランチの時間を終え、客足が落ち着いた。夏海は健人のために、グラスにラムネを注いだ。グラスの中にはガラスのクジラが鎮座している。

「お疲れさまでした」夏海はカウンターに座った健人の前にグラスを置いた。

「健人のおかげで助かった！」亮は健人の肩を叩いた。

「大したことはしてないです」

「お父さん、なれなれしいよ」

夏海はテーブルを拭きながら、健人を呼び捨てにしている亮に注意した。

「ねえ毎日来てよ」海斗はさらに図々しい。夏海は「何言ってんの」と、叱った。

「だってすごかったよ。レジのお金も合ってたし」

「それは合ってるのがあたりまえ。海斗が間違えすぎなんだよ」

呆れていると、店のドアが開いた。

「あっ、匠！」海斗の声に、夏海は振り返った。目が合ってしまい、少し気まずい。匠も何か言いたげに夏海を見ながらも「オス」と、手を上げ、カウンターに向かった。とりあえず夏海も「オス」と、挨拶を返す。

「飯食いに来たのか？」尋ねる亮に、匠は頷いた。

「あ、東大の人」匠は健人に気づいた。

「え、なんで知ってんの？」海斗が匠を見た。

「この間、会ったからな」

「すごいよね！　頭いいし」

「俺たちと違って勉強好きなんだろ」匠は興味なさげにそう言うと、健人とは逆側の端に腰を下ろした。

「何食べる？」夏海は匠に尋ねながらカウンター内に入っていく。

「カレー」

「大盛り？」夏海の問いかけに、匠は「うん」と頷く。

「あっそうだ。匠はお祭り行くの？」海斗が尋ねた。

「え？　あ、今日か」

「うん！　俺は秋香ちゃんと行くー！」海斗は彼女の佐藤秋香と行くと浮かれている。

「お祭りなんてあるんだ」健人はカウンター内の夏海に尋ねた。

「うん。地元のちっちゃいやつだけどね」

「へえ」夏海は行くのかどうか聞こうと思ったところに、匠が「夏海はどうすんの？」と、尋ねた。

「え？」夏海は匠を見た。

「匠と行けば？」海斗がなんでもないことのように言う。

「俺はいいけど。暇だし」匠もごく普通の調子で言った。「行くなら奢るし」

「……行く」夏海は言った。

「この間の遅刻のお詫びな」

「やった！　何食べよっかな！」

「食いすぎんなよ」

　ポンポンと言葉が行き交う楽しそうな会話を、健人は黙って見ていた。


　夏海は店の外に出て愛梨に電話をかけ、祭りの件を報告した。愛梨の勧める美容室のテラスはＫｏｈａｌａ食堂から道路をはさんだ向かい側にあり、互いに電話をかけている姿が見えている。

「え！　匠と行くの!?　ちょっと待って、どういう展開？」

「なんか流れで？　この前の遅刻の代わりだって」

「あいつ、何考えてんの？」

「だろうね。あ、じゃあさ、店においで！」

「え？」

夏海が問い返すと、愛梨がスマホ越しではなく、直接「おいでー」と大声で叫んだ。


理沙が砂浜を歩いていると、愛梨からメッセージが届いた。

『なっつん、匠とお祭りだって！　うちらも行こ！』という誘いに、オーケーと返信しようとしていると、あたりがざわついていることに気づいた。

「子どもが溺れたんだって」と、近くにいた観光客の女性が話している。

「すぐに助けてもらえたらしいよ」

「よかった～」

女性たちの視線を追うと、ちょうど海から黄色いユニフォームのライフセーバーが少年を抱きかかえて上がってくるところだった。

「本当にありがとうございました！」母親が駆け寄っていく。

「無事でよかったです」ライフセーバーは砂浜に膝をつき、子どもを下ろした。顔が見えたが、なんと、それは宗佑だった。少年をやさしい目で見つめ、笑いかけて頭を撫でてやっている。理沙は信じられない思いで、爽やかに笑う宗佑の顔を見ていた。

愛梨は美容室に夏海を呼び、レンタル用の水色の浴衣を着せてくれた。さらに髪をアップにし、メイクもしてくれた。仕上げにリップグロスを塗り、愛梨は自分の唇を閉じてからパッと開いて見せ、夏海にも真似するように促す。夏海はグロスでつやつやになった唇をパッと開いた。これで、完成だ。

「私って天才？」愛梨は夏海を見て、自画自賛の声を上げている。

「え？　そうかなぁ」

「やっぱメイクってすごい」

「私の素材じゃなくて？」

「調子乗んな」

軽口を叩いて、二人で笑い合うも、夏海は愛梨の友情に感謝した。

「ありがと。さすが美容師！」夏海は見慣れない自分の姿がくすぐったい。

「アシスタントだけどね」愛梨は笑い「よし、行ってらっしゃい！」と、送り出してくれた。

祭りの会場前に着き、停泊しているヨットを眺めながら待っていると、匠が階段を下りてきた。

あたりを見回しているけれど、夏海に気づかない。

「匠！」呼びかけると、匠がハッと夏海を見た。そのまましばらく黙っている。

「もう。遅刻だよ」夏海は自分から近づいていった。

「……ゴメン。どこにいるかわかんなくて」

「それは浴衣のせいですか？」浴衣を褒めてくれるかな、と期待して、尋ねてみる。

「いや、ちっちゃくて見えなかっただけ」

「おいっ！」二人は並んで歩き出した。


祭りの会場は混雑していた。先を歩いていく匠に、夏海は遅れてしまっていた。

「何食いたい？」匠が振り返ると、夏海の姿がない。「あれ？」

「ごめんごめん！」そう言いながら、夏海がなんとか追いついてきた。

浴衣で歩きにくそうにしている夏海に、匠が「おんぶしようか？」と言う。夏海は胸が高鳴るのを隠して「何言ってんの。歩けるから」と、口を尖らせた。

「ふーん」匠は夏海の手首を摑んだ。

「えっ！　なに」

「迷子になられたら困るから」匠は足を止めて振り返り、真剣な瞳で言った。

「いや、ならないでしょ」

「なってたじゃん。お前ちっちゃいから、すぐ見えなくなる」

「大丈夫だって。そういうときはジャンプして飛び出るから」夏海がおどけると、匠も笑う。

「いいから」そう言うと匠は夏海の手を引き、歩き始める。「何食いたい？」

「タコ焼きとか……イカ焼きとか」

「オーケー。探そう」

夏海は、自分の手を引きながら斜め前を行く匠の横顔を盗み見て、心に焼き付けた。


愛梨と理沙は海を見下ろす道路の柵にもたれ、修たちを待っていた。愛梨が修たちを誘ったら、来るとのことだった。

「わざわざ東京から？」理沙は驚いていた。

「だってなっつんが匠とデートしてんだもん。こっちも男女で回りたいじゃん？」

「別に女だけでいいじゃん」理沙が不服そうに言ったとき「お待たせ！」と、守が手を振りながら歩いてきた。後ろに仏頂面の修もいる。

「あっごめんね。遠いのに」

「ぜ〜んぜん。すぐそこだし」

「どこがだよ！」修は調子のいいことを言う守にすかさずツッコんだ。

健人は仕事で遅れそうなのでとりあえず回ろうと、四人は歩き出した。

キッチンカーでたくさん食べ物を買い込み、夏海と匠はテーブル席についた。

「お腹減った！　いただきます！」イカ焼きを手にした夏海を見て匠は「頼もしいな」と笑った。でもすぐに匠は「あっ」と声を上げた。

「ん？」夏海は匠の視線を追い、佳奈が夫の宏樹（ひろき）と歩いてくることに気づいた。仲良く話しながら通り過ぎようとした佳奈も匠に気づいた。でも軽く会釈をしただけで通り過ぎていく。

「先生！」匠は立ち上がり、佳奈を呼び止めた。佳奈たち夫婦が足を止めて振り返る。匠が佳奈に近づいていくので、夏海もたまらずに、椅子から腰を上げた。

「あ、教え子さん？」宏樹に問いかけられ、

「え？　そうそう」と、佳奈は慌てたように頷いた。

「……ただの教え子じゃないけど」匠は挑戦的な口調で言い、宏樹を睨みつけた。

「え？　どういう意味？」宏樹が匠と佳奈を見る。佳奈は困惑しているし、匠は暴走しそうな勢いなので、夏海は慌てて割って入った。

「あ、私たち、すっごく手のかかる教え子だったんです！　ずーっと赤点で」

夏海は明るく笑いながら、匠の隣に寄り添うように並んだ。

「あ、そういうこと？」宏樹も笑っている。

「ほんと、あのときはすみません！」夏海は面食らっている佳奈に言った。

「あ、いえいえ」佳奈がぎこちなくそう返事をすると、夏海はさらに言葉を続けた。

「じゃあ私たちデート中なんで！」

そう言って匠の腕を取ると、匠は怖い顔のまま「は？」と夏海を見る。

「じゃあ俺たちも行きますか」宏樹は佳奈の肩に手を回した。

「うん。気をつけてね」去っていく佳奈に、夏海は笑顔で手を振った。その場でずっと佳奈の背中を見ている匠から、夏海はすぐに腕をほどいた。


匠はテーブル席には戻らず、桟橋の柵にもたれていた。

「全部食べちゃうよ？」夏海は近くのベンチに座り、買ったものを食べていた。

「……腹減ってない」匠は夏海のほうを見ることなく、答えた。

「めっちゃ美味しいよ。焼き立てだよ」もう一度声をかけたけれど、無反応だ。

「ジュース買ってこようかな」

夏海が立ち上がったけれど、匠は何も言わない。飲み物を探し、買って戻ると、匠の姿はなかった。


匠は会場内で佳奈を探していた。あちこち駆け回り、キッチンカーで唐揚げを買っている佳奈を見つけた。買い物を終えて振り返った佳奈は、立っている匠に気づいた。

「あれ、どうしたの？」

「……もっと話したくて。二人だけで」匠が言うと、佳奈は厳しい表情に変わった。

「牧野くんの気持ちは嬉しいけど、私には応えられない」

「……でも」匠は一歩前に出た。

「じゃあ行くね。牧野くんも早く戻りなよ。蒼井さん待ってるんでしょ」

佳奈は匠の言葉の続きを遮り、去っていった。匠は追いかけようとしたが、どうにかその場にとどまった。

仕事の電話を終えて、守たちに合流するために祭りの会場内を歩いていた健人が、偶然にもその光景を眺めていた。


守たちの姿を探して、祭り会場を歩いている健人は、ふいに「おーい」と呼ばれ、声のするほうを見た。すっかり日が落ちて、祭り会場に設置された裸電球が煌々（こうこう）と輝き始めている中、浴衣姿の夏海が手を振っていた。健人の目は釘付けになり、その場で思わず立ちすくんでしまう。笑顔で近づいてくる夏海が、スローモーションの映像に見える。まるで映画のワンシーンに感じてしまう。

「ん、どした？」

「あ、なんでもない……幼なじみの人は？」

「あー、用事できて、来られなくなったんだって」

「え？」

健人は、先ほど会場内で匠と年上の女性が向かい合って真剣な表情で話していたのを見かけたことは言わずに、ただ「いや。残念だね」とだけ言った。

「だから一人で食べ歩きしてた」

「……そうなんだ。俺も遅刻しちゃって」

「じゃあ、とりあえずみんなを探す？」二人は並んで歩き出した。

「けっこう混んでるんだね」

「この辺の人たちがみんな来てるから」

そんなことを話しながら歩いていると、前から守たちが歩いてきた。

「え？　なんで二人？」愛梨が夏海を見て声を上げ、理沙も「匠は？」と、尋ねた。

「いや、ま……いろいろあって」

「……わかんないけどわかった」

「うん。すごくわかった」

理沙と愛梨が言うと、夏海は「ありがと」と、礼を言った。守たちは訳がわからない様子だったが、健人は何も言わず、六人で歩き出した。

「あ、射的！」しばらく歩いたところで、夏海は射的の屋台を指さした。

「やりたい？」理沙が尋ねる。

「撃ちまくってもいいですか」尋ねる夏海に、「撃ちまくっちゃって！」理沙と愛梨がエールを送る。

「こんばんはー」夏海たちは射的の屋台の店主に声をかけた。

「お姉さん、こんなのもあるよ、クジラ」

店主は手のひらの上できらめくガラス細工を見せた。

「あっ！」夏海と健人は同時に声を上げた。


六人は並んでコルク銃を構え、景品を狙ってガンガン撃った。夏海はもちろんクジラを狙っていたが、かすりもしない。

「あーなんか喉渇いた！　飲み物買ってくる」

愛梨はコルク玉が尽きたので、銃を置いていってしまった。夏海と健人以外の他のみんなも、銃を置き、屋台から離れた。

健人は続けていたが、クジラの景品の前には大量のコルク玉が散らばっている。

「もうそろそろやめておいたら？」夏海は隣で撃っている健人に言った。

「いや、もう一回お願いします」健人は店主に小銭を渡す。

そんな健人の姿を、後方で修たちが呆れ気味に眺めている。

「次はたぶん、計算合うから」健人は言う。

「計算？」夏海は健人を見上げた。

健人は狙いを定め、銃を構えて「コルクの放物運動と、的の重心が……」と、ブツブツ言いながら、引き金を引いた。コルク玉が命中し、クジラの上の標的が倒れた。

「当たった！」夏海が叫んだ途端に、店主が「当たりー！」と鐘を鳴らす。

「すごい！」夏海はぴょんぴょん飛び上がり、健人にハイタッチを求めた。

「やった！」健人もハイタッチを返す。

そんな二人の姿を見て、理沙は「二人、結構仲いいじゃん」と呟くと、「お姉さんもそう思う？」と守が同意する。すると、理沙の携帯が鳴り、「ちょっと出てくる」と言って理沙はその場を離れた。

「はい、お目当てのこれ」店主はガラス細工をポリ袋に入れて渡してくれた。

「ありがとうございます」健人は受け取り、夏海と並んで歩き出した。

「取れてよかったね」

夏海は歩きながら健人を見上げた。

「うん。はい」

健人は立ち止まり、夏海にガラス細工を差し出した。「あげる」

「だって欲しかったんでしょ?」

「欲しかったよ。欲しがってたから、欲しかった」

健人の言葉に、夏海はドキリとしてしまう。そして「プレゼント」と差し出されたガラス細工を受け取った。

「……ありがと」夏海は笑顔を見せた。

「よかった……取れて」健人も嬉しそうだ。

修と守は少し離れた場所からそんな二人のやりとりを見ていた。

「お! プレゼント作戦か!」守がニヤニヤしながら健人たちを見ていると、

「ただのおもちゃだろ」

修のそんな憎まれ口も、夏海と健人には聞こえていなかった。


夏海はかき氷を買って、健人たちと歩いていた。理沙は電話がかかってきたと言って立ち去ったままだし、飲み物を買いにいった愛梨もなかなか戻ってこない。ぶらぶらと歩いていると、愛梨が男に絡まれているのが見えた。

「せっかくだし遊びにいくか?」

肩にギターケースをかついでいる男が、愛梨の手を引っ張っている。あれはたしか宮本航(みやもとわたる)。

愛梨の元カレのバンドマンだ。

「はぁ？　絶対無理！」

「いいから来いよ！」

航は無理やり愛梨の手を引っ張る。

「愛梨！」

夏海は走っていき、二人の間に入り、手をほどこうとした。

「おまえは関係ねぇだろ！」

「関係あるから！　愛梨に触んな！」

夏海は無理やり航の手をほどいた。航は強く引っ張っていたのを離されたので、はずみで尻もちをついた。運悪くギターケースが下敷きになってしまっているのを見て、夏海と愛梨は「あっ」と声を上げた。

「何すんだよ！」立ち上がった航が夏海を突き飛ばした。


健人たちが少し遅れて歩いてくると、夏海たちが揉めていた。航が「行くぞ」と愛梨の手を引き、倒れていた夏海が立ち上がって二人を引き離そうとしている。

そんな様子を見た健人は「持ってて」と手に持っていたかき氷を修に渡し、揉めている三人に駆け寄ると航に声をかけた。

「離してください」

「は？　誰だよおまえ」航が健人を見る。

「あと、彼女にも謝ってください」健人は夏海に謝るよう、言った。

「調子乗んなよ！」

航は健人の胸ぐらを摑み、顔を殴った。

「大丈夫？」夏海が慌てて、地面に倒れた健人に駆け寄った。

「ほら行くぞ！」

航が愛梨を連れていこうとしたとき、誰かが航の腕を強く摑んだ。

「離せよ」

強いまなざしで航を睨みつけているのは、匠だ。

「離せ」匠がもう一度言うと、あまりの迫力に、航は手を離し、立ち去ろうとする。

「あっ待って。ギターのお金、ちゃんと弁償するから」夏海が声をかけると、

「五万払えよ！」航は捨て台詞を残して去っていった。腰が抜けたような状態で一部始終を見ていた健人に、匠が手を差しのべてくる。

「すみません」健人は手を借りて立ち上がった。

「健人くん大丈夫!?」

愛梨が心配そうに尋ねてくる。

「うん。大丈夫」

「匠も。ごめんね」

「別に」

「みんな……私のせいで、ごめん」

「ああいうバカそうな男と関わってたのが原因だな」修はこんなときでも悪態をついていたが、愛梨が「……ごめん」としおらしく謝ると、バツが悪そうにこう続けた。

「でもまぁ一応、おまえに非はないだろ」

「……ありがとう」

予期せず礼まで言われ、修は複雑な表情を浮かべた。

夏海はハンカチをペットボトルの水で濡らし、赤く腫れている健人の唇の端に当てた。

「ちょっとでも冷やしとこ」

「……ごめん、ありがとう」健人の手は震えていた。人から殴られたのは初めてだ。でも、それとは別に気になることがあり、夏海に「大丈夫?」と、尋ねた。

「え?」

「修理代。ギターの」

「ああ、うん。なんとかなるよ」

「払おうか? 五万だっけ? それぐらいなら、全然」

何か力になれれば、という気持ちだった。でも、夏海はしばらく黙った。

「それ、親切のつもりで言ってる？」

「え？」

「だとしたら、気持ちはありがと」

「あ、ごめん」

夏海の気を悪くしてしまったことに気づいて、健人が謝ったところに、匠が現れた。匠はどこからか調達してきた絆創膏を差し出した。夏海は受け取り、健人の手首の傷に貼ってくれる。

「ちゃんと自分で返すから」

夏海は絆創膏を貼り終えて「帰るか」と立ち上がった。

「あ、俺も一緒に帰るから」匠が言う。

「え、方向逆じゃん」

「また絡まれたら大変だろ」

「匠は無駄に強いもんね」

「夏海には負けるけど」

「は⁉　私をなんだと思ってんの⁉」

「人類史上最強の生物」

ポンポンと言い合って、笑う二人をよそに、健人は打ちひしがれた気分でいた。

結局、健人も一緒に夏海を送り届けた。夏海が家に入っていくのを匠と見届けていると「あ、これ。落ちてたから」と、匠が健人に射的の景品で獲得したガラス細工を差し出してきた。航と揉めていた場所に落ちていたという。夏海が航に突き飛ばされたときに、カゴバッグから落ちてしまったみたいだ。

「あんたのじゃないの?」

「俺の」

受け取ると、クジラのしっぽの部分が取れていた。

「守れもしないのに、夏海にあんまり近づくなよ」匠が言う。

「え?」

「俺たちとおまえじゃ、住む世界が違うだろ」

「……そっちこそ、彼女を振り回してるんじゃないの?」

「なんの話だよ」匠は健人を睨みつけた。

「君が用事で来れなくなったって、寂しそうにしてたけど」

健人が言うと、匠は無言で背を向け、去っていった。

別荘に帰った健人はノートパソコンに向かって仕事をしていた。と、画面の右上にメッセージが表示された。母からだ。

『がっかりさせないんじゃなかったの？』『早く帰ってきなさい』

健人は返信することなく、パソコンを閉じた。


理沙は勤務先のクリーニング店で作業をしながら、春樹と電話で話していた。

「へえ、遊園地？」

「うん。明後日お父さんが休みだから連れてってくれるんだって！」

「よかったじゃん」

「だからお母さんも来てよ！」

「え？　あー、明後日は仕事だからなぁ、ごめんね」

「じゃあ今度は三人で行こうね！」

無邪気に言われ、理沙は迷いながら曖昧に頷いた。「……うん」

「約束だよ。お仕事頑張ってね」

電話を切り、ため息をついていると、客が入ってきた。

「いらっしゃいま……」受付に出ていくと、宗佑だった。ライフセーバーの後輩らしき若い男の子たち二人も一緒だ。

「あっ」理沙が声を上げると、宗佑も「あっ」と驚きの表情を浮かべた。

「早川さん？　どうかしました？」後輩の一人が声をかける。

「いや……別に」

宗佑は「お願いします」、と、カウンターに紙袋を置いた。

「お待ちください」理沙が中身を取り出すと、ライフセーバーのユニフォームや、ワイシャツなどが出てくる。

「早川さんって、絶対モテますよね」後輩が宗佑に声をかける。

「は？　なんだよ、急に」

「うわ、否定しないってことは事実だ！」

「昨日はどの女と寝たんですか？」

後輩たちに冷やかされ、宗佑は「人聞き悪いこと言うな」と、気まずそうに理沙を見た。一瞬目が合ってしまい、理沙はワイシャツの汚れを点検するように、顔の前に掲げた。


しばらく経ち、理沙がハンガーに吊るされた衣類をポールにかける作業をしていると、コンコン、と外の壁を叩く音がした。顔を上げると、宗佑が立っていた。

「……ライフセーバーだったんだ」理沙は口を開いた。

「だから私も助けてくれたってことね」

「いや……まぁ、そうだな」

「ふーん。で、女を取っ換え引っ換え？」と、ついつい皮肉を言ってしまう。

「あいつらが勝手に言ってるだけだよ。俺たちが何もなかったのが証拠だろ？」

「……私たちはね」理沙は宗佑に背を向け、作業を続けた。

「あの日からずっと考えてた……好きだ」

あまりにも唐突に宗佑が言った。

「は？」

理沙は作業の手を止め、まじまじと宗佑を見た。

「つきあおう」

宗佑は唇の端に笑みを浮かべて理沙を見ている。

「バカにしてんの？」一体、何を考えているのか。理解不能だ。

「してないよ」宗佑は飄々（ひょうひょう）としている。

「……じゃあなんで」

「あんた危なっかしいから。守ってやるよ」

「よけいなお世話！」動揺を隠しながら、理沙は店の奥に引っ込んだ。

夏海は海斗の高校の校長室で、担任に頭を下げていた。海斗がケンカをして相手を殴ったと連絡をもらったのだ。夏海はひたすら頭を下げ、海斗にも謝るよう言ったが、海斗は意地でも頭を下げなかった。

「なんでそんなことしたの？　あんた理由もなくケンカする子じゃないでしょ」

校舎を出てから、夏海は海斗に尋ねた。

「貧乏くさいって言われた……弁当。せっかく姉ちゃんが作ってくれたのに……」

どうやら弁当をバカにされてケンカになったようだ。

「……よし！　じゃあ明日はお弁当二つ作るか」夏海の言葉に、海斗は「え？」と驚いている。

「その子に言っといて。文句なら食べてから言えって！」

「……おん！」海斗は親指を突き出した。海斗の「うん」はなぜか「おん」だ。

「じゃあ謝りにいこうか」夏海は海斗の肩を叩き、歩き出した。

夕方、夏海がサップスクールを終えてボードを片づけていると、健人が歩いてきた。

「あれ、どうしたの？」

「あ、いや。大変そうだね」

海辺だというのに健人は今日も長袖シャツ姿だ。

「手伝う？」夏海は冗談っぽく言った。

「あ、いいの？」健人は嬉しそうだ。

「え、いいの？」意外な答えに、夏海は調子が狂う。

「ありがとう」なぜか健人が礼を言い、カートを引っ張るのを手伝ってくれた。食堂まで戻ってきてボードを洗っていると、夏海と健人のスマホに同時にメッセージが届いた。

夏海には愛梨から、健人には守からで、夜、花火をしようという誘いだ。

「行く？」健人が夏海を見た。

「行きたい。でもちょっと遅れるかも。晩ご飯作らなきゃだし」

「大変だね。仕事して、家のことも全部やって」

「え？」

「自分のことは後回しな気がして」

「まぁそう見えるかもね。でも嫌なわけじゃないんだ。むしろ好きでやってるかも」

「なんで？」健人が不思議そうに尋ねてくる。

「私の目標は、半径三メートル以内の幸せだから」

夏海は持っていたシャワーで自分の周りの地面にぐるりと円を描いてみせる。

「半径三メートル以内？」健人も真似をして、シャワーで円を描いた。

「私は自分の半径三メートル以内の人たちが笑顔でいてくれたら、それでいいの。あ、三メートル以内に大事なものが全部あるって言ったほうがいいのかな」

「全部？」

「うん。家族も友だちも仕事も。今も昔も未来も、全部ここにある」

「そっか」

健人は笑った。でも、いまひとつ納得していないようにも見える。

「わかりやすいっしょ。東京の人からすると、不思議な感じかもしれないけど」

「ううん。わかるよ。俺にもあるから。手放したくないもの」

「そっか。みんなあるよね」

「じゃあ恋愛は？」健人はボードを洗いながら言う。「興味ない？」

「そんなことはないけど……恋愛してる余裕がないかな」

「余裕？」

「毎日こんな感じの生活だしさ。今日と明日のことだけでお腹いっぱいだし」

「……そっか」

「ちょっと寂しいけどね」夏海が言うと、健人はしばらく考えてから、口を開いた。

「半径三メートルの中に、自分を入れてもいいんじゃない？」

「え？」

「やってみたいこととか、夢とか……。もし叶ったら笑顔になりそうなこととか」

健人の言葉に、今度は夏海が少し考えてみた。

「……サップでクジラと泳ぎたい」

「クジラと？」

「うん。前に動画見てさ。最高だろうな。クジラと泳げたら」

「叶うといいね」

「こんなの夢って言っていいのかな？」

「うん。ちゃんと夢だよ」

健人の言葉に、なんだか胸があたたかくなった。夏海がほほ笑んでいると、亮が食堂から顔を出した。

「夏海！　来てくれ！」どうやらまた食堂が混み始めているようだ。

「はーい！」夏海はシャワーを止めて「このままで大丈夫だから。ごめんね、ありがと。じゃあまた」と健人に言うと、慌ただしく店に駆け込んでいった。


匠は堤防に腰を下ろし、佳奈に幾度となく電話をかけていた。発信音が鳴り響き『留守番電話に接続します』というメッセージが流れてくる。朝から何度かかけているけれど、つながらない。匠は『長谷川佳奈』と表示されたスマホの画面を見つめていた。

「何してんの？」

振り返ると夏海がいた。

「別に。海見てただけ」慌ててスマホをポケットにしまう。

「へえ、匠も海見るんだ」夏海は隣に、でも道路のほうを向いて座った。

「は？　海ぐらい見るだろ」

「そうだろうけど。なんか失恋した人みたいじゃん」

夏海の言葉が、グサリと突き刺さり、何も言い返せない。

「愛梨が言ってたからそう見えるだけかな。ま、海見とけば、大体のことは大丈夫らしいよ」夏海はくるりと向きを変え、匠の肩に手を回した。「あ、そういえば怪我治ったの？」

顔をのぞき込んでくる夏海の手を、衝動的に摑んだ。

「ん？　何？」

すぐ近くにいる夏海に、匠はキスをした。

「ちょっと、何してんの？」夏海は驚いて匠を突き飛ばし、立ち上がった。

「……ごめん」

「は？」

「ごめん」

「謝るぐらいなら最初からすんな！」

夏海は走って帰っていった。

夏海は海辺の道を走った。匠からのキスがこんなに悲しいなんて……。夏海は唇を拭(ぬぐ)い、走り続けた。

家に着いて夕飯の支度を始めても、集中できない。やがて花火の待ち合わせの時間になり浜辺に向かったものの、集まっているみんなを見て足が止まった。はしゃぐ気持ちにはなれないけれど……夏海は目をギュッとつぶり、深呼吸してから走り出した。


「ゴメン！　ご飯作ってたら遅くなっちゃった」

夏海が走ってくると、待ちくたびれたみんなはホッとしたような表情を浮かべた。

「さすが主婦！」守が声をかけると、夏海は「まあね」と笑う。

「何かあった？」健人は夏海の横顔を見つめ、尋ねた。

「え？　なんで？」

「なんとなく」いつもと違い、無理しているように感じた。

「何もないよ。よっしゃ、花火するかー！」夏海は花火を持った手を夜空に掲げる。

「いえーい！」愛梨たちも声を上げ、盛り上がったとき、夏海のスマホが鳴った。

「あ、お父さんからだ……ごめん、私帰る」夏海はスマホを見て言った。

「海斗が風邪引いたっぽい。みんな楽しんで！　ホントごめん！」

夏海は結局すぐに戻っていった。

「先生、忙しいなぁ」守がふと呟く。

「母親代わりだからね」理沙が言い、愛梨も「私なら全部投げ出しちゃうけどね」と、ため息をついた。

「抱え込めちゃうからね」

「うん。弱み見せない」

「もっと頼ってくれていいのにね」

理沙と愛梨は頷き合っていた。


四人で花火をしていると、修がやってきた。

「……いちいち遠いんだよ」ポケットに手をつっこみ、ブツブツ言っている。

「なんで来てんだよ」守は顔をしかめた。

「私が誘ったんだよ」愛梨が言う。「だって大人数のほうが楽しいじゃん？」

にっこり笑う愛梨を見て、守は黙り、修はかすかに頬をゆるませた。

「忙しいんじゃなかったのかよ」

守は自分の花火の火を、修が手に持った花火に分けながら言った。

「別にいいだろ」

「医者ってけっこう暇なんだな」

「おまえよりは忙しいけど」

「は？」

守たちのやりとりを見ていた理沙が愛梨に「バチバチだね」と、言った。

「何が？」愛梨はキョトンとしている。

「花火が」理沙はごまかすように言った。

健人はみんなの様子を見ながら、少し離れた場所で線香花火に火を点けた。勢いよく燃え始めた線香花火が、すぐにポトリと落ちてしまう。その様子を眺めながら、健人は何かを心に決めたようだった。

「俺、先帰るね。これ、もらっていい？」

余っていた打ち上げ花火を手に、歩き出す。

「えー！　どこ行くの？」不思議そうにしている愛梨の声と「イェーイ！」とすべてを察して応援しているかのような理沙の声が、健人の背後で聞こえた。

夏海は具合の悪そうな海斗におかゆを作ってやった。

「早く食べて寝な」ちゃぶ台で食べ始めた海斗に声をかけると、海斗はスプーンを持つ手を止めた。

「どした？」

「……おかゆは母ちゃんのほうが美味しかったな」海斗がぽつりと呟いた。

「……風邪引いてんだから、早く寝な」

やはり母親のかわりにはなれないのかと軽くショックを受けながら、夏海は片づけをしようとキッチンに立った。と、窓の外にヒューッと花火が上がり、はじけた。不思議に思った夏海がテラスに出ると、健人が打ち上げ花火をしていた。

「あ、気づいてくれた」健人が顔を上げる。

「え、なんで?」夏海はテラスの柵から身を乗り出した。

「ちょっとだけ、出てこれる?」

「……うん」夏海は頷き、外に出た。

健人はどんどん先を歩いていく。この先は海に出るトンネルだ。

「海行くの?」問いかけても答えず、健人はトンネルを入ったところで足を止めた。

「え……何?」もう一度問いかけると、健人はほほ笑んだ。パチ、パチ、と音が鳴り、あたりが青く照らされる。驚いてぐるりと見回すと、トンネルの壁と天井が、深海の色に染まっていた。

その中を、クジラたちが泳いでいる。

「え、何これ!」夏海は健人を見た。

「プロジェクションマッピング」

「すご! きれい……かわいい」

夏海は泳ぎ回るクジラたちをきょろきょろと見回した。

「うわ、デカイの来た！　本物もこれくらい？」尋ねると健人も楽しそうに頷く。

夏海の正面からクジラが泳いで来た。健人が天井を見るようにと指をさす。「え、上？」見上げると、夏海の頭上を泳いで過ぎていくクジラの腹が見えた。

「海の中みたい……こんなの初めて見たよ」

夏海は雄大な泳ぎ姿のクジラたちに圧倒されていた。

「よかった」健人は安心したように笑い「あのさ」と、切り出した。

「ん？」

「連絡先教えてもらえる？　この前、交換しそびれちゃったから」

「うん」

二人はスマホを近づけて連絡先を交換した。健人が『よろしく』と送り夏海も『よろしく!!』と返す。

「やっぱりいいな、クジラ」

夏海はもう一度、トンネル内のクジラを見上げた。

「だいたい六メートルぐらいかな」

健人はトンネルの真ん中に立ち、両腕を広げた。

「え？」

「半径三メートルなら、直径六メートル」

「あー。で?」

「だからこれも、半径三メートル以内の幸せに入る?」

やさしい瞳で問いかけられ、夏海は照れくさくなってしまう。

「……うん。そうだね」

「半径三メートルより先の世界も見にいかない?」

健人は夏海の手を取り、トンネルから海に出た。そして波打ち際に立ち、手を離した。二人の目の前には、本物の海が広がっている。

「……あれ?」夏海は首をかしげた。

「どうかした?」

「……いつもよりキレイに見えたから」

「え?」

「なんでだろ?」

「なんでかな」

月明かりに照らされている海は、静かで幻想的だ。夏海がうっとりと眺めていると、スマホにメッセージが着信した。見ると、健人からだ。

『どう?』『半径三メートルよりも、外の世界は』という問いかけに、夏海は笑顔のクジラの絵文字を返した。画面を見た健人が、ふっと笑う。

「キレイだね」

「うん」

海を見つめる夏海と健人の背後で、トンネルの中のクジラたちはゆったりと泳ぎ続けていた。

Chapter 3

今日も朝から快晴だ。ボードの上で波に揺られながら潮風の心地よさを堪能していると、スマホの着信音が鳴った。夏海は首から下げている防水ケースの中のスマホを見た。健人からのメッセージだ。朝イチで『おはよう』のやりとりをしたばかりだが、今度は『朝日も綺麗だね』と、別荘から見た朝日の写真が添えてある。『でしょ!』口元をほころばせながら返信を打っていると、愛梨と理沙がボードを漕ぎながら近づいてきた。

「お!　朝から盛り上がってんじゃん」

「今度こそいい波来てるー?」

「別に波とかじゃないから!」夏海は笑い返しながら、三人でボードを引き寄せ合って向かい合い「ホイホイホイ!」と、いつもの儀式をしてハイタッチを交わした。

「東京人と何の話すんの?」

理沙はやりとりの相手が健人だとわかっているようだ。

「いまは景色の話、してます」ちょっとおどけて答えてみる。

「景色って！　もっと他にあるでしょ」

　愛梨は呆れたように言う。

「でしょ？　それがないいんだよ。いちいち価値観違いすぎてさ、リアルに天気と景色の話しかしてない」共通の話題は今のところ、それだけだ。

「今日はいい天気ですねって？　ウケる」理沙は本気で笑っている。

「本日はお日柄もよく的なね」夏海もおどけた。

「そんな距離感じゃダメ。もっと接近しよ」愛梨は言い、

「なんて呼んでんの？」理沙が探りを入れてくる。

「呼び方？　そういえば名前呼んでないかも」

「え!?　一回も？　なんで!?」愛梨は目をまん丸くしている。

「なんでって言われても。呼ばなくても喋れるから」

「絶っ対ダメ。人って自分の名前を呼んでくれる人のこと、好きになるんだって。忘れたけど、なんとか効果ってやつ。だからもう、意味もなく呼んじゃお」

「だって好きになってもらいたいとかないもん」夏海はあっさり本音を言った。

「え、やっぱまだ匠なわけ～？」

「あれから会ったの？」

　理沙が冷静な口調で尋ねてくる。

「会ってない。忙しいんじゃない？」

「いや、謝りに来いよな！」愛梨は夏海本人より怒っている。

「……好きな人にキスされて、嬉しくないことってあるんだね」夏海は苦笑いだ。

「よし！　もう匠のバカなんてほっといて、健人くんに舵を切ろ！」

「ないない！　やっぱ私には恋愛とか向いてないから。柄にもないことするもんじゃないよ」

夏海はボードの上に仰向けにひっくり返った。


健人は別荘の書斎で、母からの電話を受けていた。

「うん。もうすぐ帰るから。父さんにもプレゼンのことは大丈夫って伝えて」

母と話すと、なぜか詰問されているような、窮屈な気持ちになる。健人は電話を切り、設計図と向かい合った。


夏海たち三人は砂浜に戻り、ゴミ拾いを始めた。

「おはようございます」

誰かに挨拶されて顔を上げると、黄色いユニフォームを着た三人のライフセーバーが歩いてきた。宗佑と、店に一緒に来た後輩二人だ。理沙は背を向けて海のほうを向いた。

「いつもゴミ拾ってますよね？　ありがとうございます」

「そっちはパトロールですか?」

夏海や愛梨は彼らと普通の調子で会話をしていたが、理沙は気配を消していた。

「あれ、どこかで会いましたっけ」

ライフセーバーの一人が理沙に声をかけた。

「……気のせいだと思いますけど」理沙はとぼけたが、「クリーニング店の小椋さんだろ」と、宗佑が言いながら理沙に近づいてくる。そして、理沙の腰に括りつけてあるゴミ袋に缶を入れた。

「なんで私の名前知ってんの?」

「え? 名札に書いてあったから。そうだ。下の名前は?」宗佑が尋ねてくる。

「必要ないでしょ」理沙は作業に戻った。

「苗字だけじゃ味気ないだろ」

「……理沙だけど」

「いい名前だな。理沙」

宗佑はやけに爽やかに笑う。その目は相変わらずまっすぐだ。

「は? ただの名前じゃん」

理沙が背を向けると、宗佑は笑いながら去っていった。

「すごい、さっそく名前呼んでる」

「なんとか効果ってやつだ」

愛梨と夏海が理沙たちのやりとりを見て、盛り上がっている。

「先輩なんすか、今の？」

ライフセーバーの後輩たちが、パトロールを再開した宗佑を追いかけていく。それを聞いていた夏海たちも「先輩なんすか、今の？」と、理沙を冷やかした。


午前中のサップスクールを終えた夏海が客たちからウェットスーツを回収していると、おはよう、と健人が現れた。今朝も散歩をしているのだと言いながら、夏海が抱えている大量のウェットスーツを半分持ってくれる。

「えっいいよ。散歩してんでしょ」

「大丈夫。暇だから」

「それならついでにお昼食べてく？」

「いいの？」健人は声を弾ませた。

「新メニューの味見してほしいんだよね」

「俺に務まるかな」

健人のノリはいちいち真面目だ。

店に向かって歩いていくと、海斗が店から走り出てきた。

「姉ちゃんヤバい！　大会、選ばれたって！」

「え、マジ⁉」

信じられないという思いで目を見開いて海斗を見ると、海斗も同じような表情で「マジ。さすが姉ちゃん！」と上ずった声で言う。

「イエーイ！」夏海と海斗はハイタッチをし、ジャンプしながら体をぶつけ合った。

食堂のカウンターに、夏海は新メニューを数皿並べた。健人は試食しながら、サップの大会の話を聞いていた。沖縄で開催されるのだが、選ばれるだけでも大変なことだという。

「飛行機乗るの何年ぶりかな」

夏海は麦茶を飲みながら健人の隣に座った。

「沖縄ってクジラいるのかな？」

海斗が言うと、夏海は「会いたいな」と目を輝かせる。

「沖縄だとクジラが見れるのは冬だね」健人は言った。「シベリアあたりから、子育てのために南下して」

「健人くんってなんでも知ってるんだね」海斗は健人を尊敬のまなざしで見つめた。

「いやいや、好きだから知ってるだけ」

「姉ちゃん、お土産いっぱい買ってきてね！」

「いっぱいは無理！　行くのは自腹で、めちゃくちゃお金かかるんだから。飛行機にホテルに

「……貯金なくなっちゃうよ」

「でも優勝したら元取れるじゃん！」

「うん。頑張って賞金取って、この店リフォームする！」

「前に言ってたね」健人は、いつも店のことを考えている夏海に感心してしまう。

「そう。DIYで頑張ってたけどさ、台風とか来たらヤバいかもって言われてて」

夏海は立ち上がって鉄骨の柱をぎしぎし揺すってみせた。

「ああ、たしかに」

柱を揺すると天井に渡してある鉄骨も揺れる。健人としては気になるところだが、海斗は「お店直したお釣りで焼き肉食べにいきたい」などとのんきなことを言っていた。


そろそろ帰らなきゃ、と、健人は立ち上がった。

「ねえ、次いつ来れるの？」海斗が尋ねる。

「うーん、もうすぐ東京に戻らないとだから」

「えっ」夏海が小さく声を上げたが「えっ帰っちゃうの⁉」と、海斗の声がかぶる。

「会社で大事なプレゼンがあって」健人は新築ビルの設計を任されていた。

「え？　誰に？　何あげんの？」

海斗の質問の意味がわからなくて、健人は一瞬、考えた。そして「あ、プレゼントじゃなくて。

プレゼン」と言った。それでも海斗はわからないらしく、夏海を見ている。

「えっと、要するに仕事、だよね？」

「まぁそうだね」健人と夏海は顔を見合わせて、苦笑いだ。

「すぐ戻ってくるの？」

「どうかな。けっこう大きな仕事だから」

「えー！」

声を上げたのは海斗だが、健人は夏海を見ながらこう言った。

「でも、東京から応援してるよ」

「え？」

「大会」

「じゃあ優勝するしかないね！」

夏海は照れくさそうに笑った。


夜、愛梨は閉店後の店に残ってカットモデルの髪を切っていた。

「いい感じ。練習頑張った甲斐あったね」先輩美容師の美帆(みほ)が、声をかけてくれた。「いよいよ来週だもんね。テスト」

「めちゃくちゃ緊張します」愛梨はスタイリストになる試験を控えている。

「だろうね。だって愛梨、顔怖いよ？　技術も大事だけど。眉間にシワ寄ってる人に髪切られるの、どう思う？」美帆に言われて鏡を見ると、たしかに顔がこわばっている。

「でね、顔怖いよって言われちゃって」

美容室からの帰り道、守から電話がかかってきたので、愛梨はさっき美帆に言われたことを話した。

『まぁ愛梨ちゃんなら大丈夫だって。絶対受かるよ』守は前向きだ。『で、俺の髪切ってよ！　今切らずに伸ばしてるからさ』

「もうちょっと伸ばしててもらうかも」自信がなくて、大きなため息が出てしまう。

『次の休みいつ？』守が唐突に言った。

「え？　明後日だけど」

『じゃあ決定。その日俺にちょうだい。眉間のシワ、取りにいこっか』

守は明るく言った。


二日後、東京で守と落ち合った愛梨は、都心の一等地に立つビルを見上げていた。

「え、ここって」

かなり凝った外観のこのビルは、雑誌などで何度か見たことがある。

「そう。日本一予約が取れない美容室。日本一のスタイリストの手さばき、一番近くで見たら、ご利益ありそうだなー」守は中に入っていこうとする。

「でも予約取ってないと無理だって！」愛梨は慌てて止めた。

「行こ！」守は戸惑う愛梨にかまわず、入っていった。

「いらっしゃいませ」

階段を上がったところで、スタッフが迎えに出てきた。

「予約してた山内です」

守は愛梨の両肩に手を置き、行ってらっしゃい、と、前に押し出した。

「お待ちしておりました。どうぞ」

スタッフに誘導され、愛梨は目を白黒させながら、入っていった。ずらりと並んだ客用の椅子は、ほぼ満席だ。客も美容師もみんな洗練されていて、お団子頭にデニムを履き、一泊用の大きなバッグで来てしまった愛梨は気後れしてしまう。

「今日はどうされますか？」席に着くと、スタイリストが鏡越しに問いかけてきた。

「えっと……」考えていなかったので頭が真っ白だ。

「スタイリングだけでも大丈夫ですよ？」

「あ、いえ。カットお願いします！」愛梨は慌ててオーダーした。

「めちゃくちゃ似合ってるよ。どうだった？　プロのカットは」

帰り道、守は愛梨のヘアスタイルをほめてくれた。伸びっぱなしだった髪を数センチカットし、軽くしてもらっただけでもずいぶん雰囲気が違う。

「なんかね、すごかった！　すごく……すごかった！」

「いや、語彙力！」守は笑いながら「だろうね。眉間のシワ、取れてるよ」と、言った。

「えっマジ？」

触れてみると、たしかに眉間はつるつるだ。

「テスト受かりそう！」

「絶対合格！」

二人はイエーイとハイタッチをした。


夏海は大会に向けて体力作りに励んでいた。ランニングに出かけようとしていると、亮が現れた。

「お、練習か？　あんまり無理すんなよ」

「大丈夫！　賞金でお店直したいからさ。じゃあ行ってきます！」

「夏海！」亮が夏海を呼び止める。「あんまり気負わなくていいからな。沖縄で旨いもん食ってこい！」

「了解！」夏海と亮はお互いに親指を立て、笑い合った。

夏海は江の島まで走り、江島神社の石段を駆け上がった。頂上までは二六〇段近くある。お参りを済ませて階段を下りていくと、ヘロヘロになって上がってくる男性がいた。健人だ。

「大丈夫？」声をかけると、健人が肩で息をしながら顔を上げた。


「お参り？」神社からの帰り道、二人は並んで港のそばの道を歩いた。

「うん。海斗の期末テストの」

「俺も今度のプレゼンの成功祈願で」

「やっぱ最後は神頼みだよね」

「だね。でもやさしいよね、弟さんのために」健人はつくづく感心していた。「家族のためにお参りなんて……俺はしたことなかったからさ」

「うちはほら、頼むことだらけだから！　もう次から次へと」

夏海は両手を合わせて拝むような仕草をしながらこう続けた。

「でもお参りとかしなくてもさ。普通に応援とかあるじゃん」

「……応援か。されたことあったかな」

健人は思わず真剣に考えてしまう。

「そんな大袈裟なやつじゃなくてもさ、頑張って！　って言うぐらいのやつだよ」

「そっか。言われたことはあるけど、応援だと思ったことがなかったな。いい結果を持ってくるようにって、釘を刺されてるように感じてたからさ」

健人が言うと、夏海はしばらく考えてから、口を開いた。

「もう充分、頑張ってたからかもね」

夏海に言われ、健人はまた考え込んでしまった。

「あのさ」

夏海は立ち止まり、ポケットから小さなポーチを取り出し「これ」と、親指と人さし指でつまんだ小さなものを健人に見せた。

「クローバー」

「そう。見て、四つ葉」

これあげる、と、夏海は健人の手にクローバーをのせた。

「えっ俺に？」

「いつも店手伝ってくれるお礼？　お礼って言っていいかわかんないんだけど」

「ううん、ありがとう」

「プレゼン、頑張ってね」

「……ありがとう」

「あ、頑張ってって言っちゃった」夏海は慌てて口をふさぎ、肩をすくめた。

「ううん。すごく嬉しいよ」健人は手のひらのクローバーを見つめた。

「じゃあ、私練習あるから」

「気をつけて」

「ありがと。じゃあね！」

走り去る夏海を見送っていると、少し走ったところで健人のほうを振り返った。夏海は両手を空に振り上げ、笑顔でエールを送ってくれた。


サップの練習を済ませて帰宅し、食堂の砂っぽい床をほうきで掃いていると、匠が入ってきた。夏海は軽く会釈(えしゃく)し、掃除を続けた。匠は無言でじっと立っている。

「どうした？　言いたいことあるなら、今言ったほうがいいよ。今なら、聞くし」

夏海はたまらず、自分から声をかけた。

「この前は、ホントにごめん。あんなことして」

そう言うと匠は深く頭を下げ、再び「ホントにごめん」と言った。

匠の謝罪を黙って聞いていた夏海は、近づいていってバン、と丸めた背中を叩いた。

「二度とすんな」厳しい口調で言い「よし」と気持ちを切り替えた。もうこれでこの話は終わりだ。

「ちょっと聞きたいことあってさ。いい？」

夏海は柱のぐらつきが気になっていることを、匠に打ち明けた。

「どう思う?」椅子の上に乗って、天井の鉄骨を指さした。

「全部やばそうだな」

匠が手を伸ばして鉄骨を揺すると、ぎしぎしと音がする。

「建て替えたほうが早そうだけど」

「できればリフォームで。予算のこともあるけど、全部新しくしちゃうのは、お父さん可哀相じゃん。ここ、お父さんがお母さんと二人で始めた店だし。いろんな思い出が詰まってるから」

蒸発してしまった母親だが、亮が大切に思っているのは知っている。

「ま、私が建て直すって言ったら、別に反対しないんだろうけどね」

「いや、リフォームにしとこう」匠も納得してくれた。

「サンキュー」

そう言うと、夏海はサップの大会に選ばれたことを匠に伝えてこう続けた。

「あー、負けちゃったら帰ってくるの気まずいな」

「負けたって別に恥ずかしくないだろ。優勝するほうが難しいんだから」

「だね。やるしかないか!」

「もー! なんで予約間違えたんだろ」

一日東京の街を楽しんだ愛梨だったが、肝心のホテルの予約をミスしていた。泊まるはずだったホテルの受付に交渉にいってみたけれど、今夜は満室だという。終電にはもう間に合わない。困り果てている愛梨を、守が心配そうに見ている。

「じゃあうち来る？」

「大丈夫。今から泊まれるとこ探すから」

とりあえず駅のほうに向かおう。愛梨は守に別れを告げて、歩き出した。

「今一人？」

歩き出すとすぐに、ナンパ目的の男が近づいてきた。愛梨は軽く見られるのか、声をかけられやすい。毅然（きぜん）と断ったけれどしつこくついてくるので困っていると「愛梨！」と、守が走ってきた。「ごめん、遅れた。行こう」守が愛梨の手を引いて歩き出す。

「なんで守くん、いんの？」

「ちゃんとカップルに見えたかな」守は楽しそうに笑っている。「愛梨ちゃん、やっぱり俺んち来て」

「……でも」

「危ないから来て」守が真面目な顔で言う。愛梨が迷っていると「あ、心配しないで。絶対手出さないから」と、約束した。

守が愛梨を引き連れて帰宅すると、なぜか修が玄関まで出迎えに出てきた。

その姿を見た愛梨は、「せっかく遊びに来てたのに、お邪魔してごめんね」と申し訳なさそうに言った。

「……いや、別に」修は相変わらず素っ気ないが、いつもより棘（とげ）がない表情で応えた。

「こっち。どうぞどうぞ〜」守は修の横を通り抜け、部屋に案内した。かなり広めの1Kで、部屋にはベッドやソファセットが置いてある。

「うわー、やっぱおしゃれだね」

愛梨は広い部屋を見回した。

「あれ？　これって」

愛梨の目線の先には、『救急医療』など、研修医のための本がテーブルに置かれている。

「あ、俺の」修は言った。

「あ、置いてるんだ」

「うん。よく来るから」

「あ、お茶でいい？　座ってて」と、守がキッチンに入っていったので、修も後を追って守に言った。

「なんで俺んちに来るんだよ。おまえの家に泊めればいいだろ」

愛梨に聞こえないように、守を問い詰めた。そう、ここは、修の部屋なのだ。

「バカ野郎。あんなオンボロアパート、愛梨ちゃん呼べねえだろ……てか、おまえって最後はホントにいつも優しいよな」守は修の両肩に手を置いた。

「おだてたって無駄だよ」

修が怒るに怒れないでいると「何してんの？」と、愛梨がキッチンをのぞいた。修と守はパッと離れ、必死でごまかした。


「遊園地連れてってくれたんでしょ。ありがとね」

理沙は家で洗濯物をたたみながら、元夫の翔平と電話で話していた。

『春樹、喜んでたから。俺も一緒にいられて嬉しかったよ』

「よかった」

『あのさ。春樹も東京楽しんでるし、俺が引き取れないかな。やっぱ俺も、春樹と暮らしたい』

考えておいて、と、翔平は電話を切ってしまった。


急にそんなことを言われても。もやもやした理沙はコンビニに行って缶ビールを買い、夜の海を見ながら飲み始めた。

「また溺れるぞ」

声をかけられ、振り向くと宗佑がいた。理沙は何も言わず、ゆっくり歩きながら真っ黒な海を見下ろした。宗佑が走ってきて、理沙の腕を強く摑む。

「危ないだろ」

「溺れてもまた、助けてくれるんでしょ」腕を摑まれたまま、挑発的に言ってみる。

「顔に出るタイプでよかったな」

「え?」

「何があったのかは知らないけど、何かあったってことはわかるから」

「……よけいなお世話」

「なぁ、理沙」

「そんなに名前呼ばないでよ」

「ただの名前なんだろ?」

まっすぐな視線を向けられ、理沙も強く見つめ返した。


夏海が食堂でリフォーム資料を見ていると、亮が帰ってきた。

「あ、おかえり」

「あれ、匠も一緒か」亮は窓際に立っている匠を見た。

「うん。リフォームの相談中。けっこうかかりそうだよ……やっぱ賞金頼みか」

「うまくいけばもっと安くできるかも。調べてみる」匠が言う。

「さすが！」希望が見えてきて、嬉しくなる。

「夏海……」亮が言いにくそうに、切り出した。

「沖縄に行く金、なくなった。飛行機とホテルのカネ、使っちまった……すまん」

亮は深く頭を下げた。

「なんで？」夏海はぽかんと口を開け、亮を見た。

「源さんが事故に遭って、命に別条はなかったんだけど、入院費が足りないって聞いて、どうしてもほっとけなくてさ」

「でも、夏海は店のために頑張ってたのに」匠が訴えたが、亮は「ホントすまん」と謝るだけだ。

その姿を見ていたら、夏海は何も言えなくなってしまった。

「それがお父さんじゃん。困ってる人を見捨てないのがお父さんでしょ。人助けしたのになんで謝んの？」夏海は明るく言った。

「でも、あんなに練習してたのに……」

「いい、いい。第一出たって優勝できるかわかんなかったし。むしろ肩の荷おりたっていうの？逆に安くついたかもよ？　飛行機ってなんであんなに高いの？　空飛んでるだけなのに」アハハ、と笑いながら厨房に入っていき「よし」と自分に気合を入れた。「晩ご飯作ろっかな。あ、匠も食べてけば？」

問いかける夏海を、亮も匠も言葉なく見つめ返すしかなかった。

修は布団を出してきて、ベッドとソファの間のスペースに敷き始めた。

「くそ、布団一組しかないのに」

ブツブツ言っている修に向かって、荷物を整理している愛梨が言った。

「じゃあ修くんベッド使う？　自分のベッドで寝たほうがよくない？」

「え？」

「あ、騙せてると思ってた？　そこまでバカじゃないよ」愛梨はケラケラと笑った。

「なんだよ」修は拍子抜けしてしまった。

「守に頼まれたんだよ」

「へえ、意外。ちゃんと協力するんだ」

「ま、そっちのほうが楽だし」

「修くんってさ。基本性格悪いけど、ホントはいい人だよね」

予想外の言葉に、修は思わず目が泳いでしまう。

「あ、そうだ。別荘も嘘なんでしょ？　そんな嘘つかなくてもいいのにね」

守は風呂から上がって廊下を歩いてきた。

「だって守くんっていい人じゃん」愛梨の声に「えっ」と、ドアの前で立ち止まる。

「は？　そんないい奴でもないだろ」修が言う。

「そんなことないよ。優しいし、けっこう好きだけどな」

好き？　守は頬をゆるませた。


理沙は、宗佑の部屋で一緒に缶ビールを飲んでいた。

「なんで一緒に飲んでるの？」

理沙は、酔いもあって、なんだか愉快な気分になっていた。

「でも一人で飲むよりいいだろ。俺は嬉しいよ、いつもひとりだし」

「うそ。女を取っ換え引っ換えなんでしょ」

「だからそれはアイツらの冗談だって」

「ふうん」

「もしかしてヤキモチか」

「は？　違うし」理沙が言うと、今度は宗佑が「ふうん」と頬をゆるませる。

「あ！」理沙は立ち上がり、宗佑の本棚からＤＶＤのケースを取り出した。「『秒速5センチメートル』じゃん。好きなの？」

「子どもの頃、初めて映画館で観たのがそれだった」

「え、まじで？　私も」理沙ははしゃいだ声を上げた。

「やっぱり運命だな、俺たち」

しみじみ言う宗佑の言葉を聞き、理沙は「いちいちキザ」だと笑った。

「そうかな」

「いや、いいと思うよ。運命とか言われたら嘘でも嬉しいし」

「嘘じゃない。本音」

「はいはい、ありがとう」

「信じてないだろ」

「信じるよ」理沙はまっすぐに宗佑を見た。

「だって瞳がまっすぐだから」

「……理沙」

宗佑の顔が迫ってくる。理沙は目を閉じ、キスを受け入れた。


結局、愛梨がベッド、守がソファ、修が布団で寝ることになった。守は眠れず、夜中に目を覚ました。修は愛梨のベッドに背を向けて眠っている。守はそっとソファから降りて、ベッドのそばに座り、愛梨の寝顔を見つめた。

「ん？　どしたの？」愛梨が目を覚まし、上半身を起こした。

「愛梨ちゃんって、俺のこと好きなの？」守は率直に尋ねた。

「えっ」寝起きの愛梨はなんのことだかわからない様子だ。

「いや、修と話してるの聞こえて」

「……ああ」ようやく、思いあたったようだ。

「キス、してもいい？」守は膝立ちになり、愛梨に顔を近づけた。

「あ、ごめん。でも違うから」愛梨が慌てて守を制した。

「私って軽く見えるかもしんないけど違うんだ。紛らわしくてごめんね。ほら寝よ、明日も早いしさ」

「……わかった、ごめんね」

守は笑顔でソファに戻った。


修は寝たふりをしていたけれど、目を覚ましていた。息をひそめながらそっと顔を動かしてベッドのほうをうかがうと、愛梨は背中を向けていた。おそらく起きているだろう。ソファの守も、眠れずにいるようだ。三人とも、今夜は寝付けそうになかった。


翌朝、理沙は宗佑のキスで目を覚ました。

「なぁ、理沙」何かを言いかけた宗佑を、理沙はごめん、と制した。

「もう名前呼ばないで」

「……なんで？」

「ただの名前じゃなくなったから」理沙は言い「こっちは忘れる。そっちも忘れて」と、起き上がった。


夏海が朝イチの客のボードを片づけていると、健人がやってきた。

「あれ、今日も散歩？」

「うん。あとこれ」

健人はポケットから白い袋を出した。

「……お守り？」

必勝祈願と書いてある袋から中を取り出すと、きれいな水色のお守りだった。波のような曲線が描いてある模様が、なんだか海っぽい。普段なら心が弾むはずなのに、夏海の胸はぎゅっと痛んだ。

「大会、頑張ってね」

健人はいつものように穏やかに笑っている。

「買いにいってくれたってこと？」

「うん。この間のお返しだから」

「……でも、必要なくなっちゃったんだよね」

「え？」

「実は、大会出るのやめたんだよね」

夏海は軽い調子に聞こえるように言った。

「え、なんで？」

「冷静に考えてみたら、優勝なんてできるわけないし。行くのにお金かかるだけじゃん。あとほら、お父さんと海斗を置いていくのも恐ろしいし。私がいないとご飯も炊けないいんだよ？　ホント何もできないんだから」勢いまかせに笑いながらまくしたてた。

「……それは違うんじゃない」健人は目を伏せ、考えながら言った。「何もできないんじゃなくて、できないままでいてほしがっているような気がして」

健人の言葉がグサグサと心に突き刺さる。夏海は顔をしかめた。健人はさらに言う。

「挑戦する前から、あきらめないでほしかったな。家族とかお金とか、行けない理由を探してるんじゃないかなって」

そうかもしれない。そう見えるのかもしれない。だけど。夏海は口を開いた。

「いや……、それさ。私の家に生まれても同じこと言えた？」夏海は健人に問いかけた。「家がいっぱいお金持ってて、いい学校に行かせてもらえて、何不自由なく過ごしてきた人に、知ったようなこと言われたくないよ」

夏海ははっきりと、思っていることをぶつけた。

「結局、住む世界が違うんだよね」

所詮、違う世界の人だ。わかり合えることはない。夏海はお守りを突き返した。

「大事な仕事。頑張ってね」

捨て台詞のように言い、くるりと背中を向けて食堂に戻った。


東京に戻る朝、健人は食堂に顔を出した。

「あ、今日、東京帰るの？」海斗が尋ねてくる。

「うん。いよいよプレゼンだから」健人は店内を見回した。

「姉ちゃんなら仕事行ったよ。用事？」

「用事ってほどじゃないんだけど、これ、渡しておいてくれる？」

健人はガラス細工のクジラが入ったポリ袋を海斗に渡した。お祭りの夜、ケンカ騒動で割れてしまったが、昨夜修理したのだ。

「いいけど……直接渡せば？　あ、電話しよっか？　早く帰ってきてって」

気を使ってくれる海斗を、健人は「大丈夫。会いたくないかもしれないから」と、制した。

「え？」海斗は不思議そうにしている。

「大会、出るのやめたんだってね。残念だな」

「仕方ないよ。姉ちゃんだってホントはすっげえ出たかっただろうけどさ」

「え？　あきらめたんじゃないの？」

「あれ？　理由聞いてないの？」

「理由？」

「うん。お父さんが飛行機とホテルのお金、友だちに渡しちゃったんだよ」

「えっ」衝撃を受けている健人の背後で、亮が「言うな。せっかく夏海が黙っててくれたのに」

と、海斗をたしなめている。

「いいじゃん、人助けしたんだから。姉ちゃんも気にしなくていいって言ってたよ」

「でもかっこ悪いだろ！」

「え？　いつもと一緒だよ」

「うるせえよ！」

二人はワイワイ言い合っているが、健人は言葉を失っていた。


サップスクールの仕事終わりにスーパーで買い物を済ませ、夏海はこの日も朝からフル回転だ。

バタバタと帰宅して食材の入ったエコバッグをキッチンのテーブルに置こうとしたとき、ガラス細工のクジラに気づいた。

「これどうしたの？」思わず手に取り、ソファでゴロゴロしている海斗に尋ねた。

「あ、健人くんが持ってきた。姉ちゃんに渡してって。今日、東京帰るんだって」

「え、今日？」

「うん。もう電車乗っちゃったかな？　もう戻ってこれないかもって言ってたよ」

「え？」

夏海は、きれいに元通りに直っているクジラを見つめた。


健人が勤める水島建設は父親の会社だ。久々に出勤し、まず社長室に挨拶に向かう。

「失礼します」と、入っていくと、母の恭子が応接セットに座っていた。父親の創一は少し離れた場所で仕事の電話をしている。

「あ、母さん。来てたの」健人は恭子に言い、電話を終えた創一に視線を移した。

「戻りました」健人は創一に頭を下げた。

「ゆっくりできたか？」創一が尋ねてくる。

「気分転換にはなったかな」

「ならいい。プレゼンの進捗は？」

「大丈夫。ただ遊んでたわけではないので」

「七光りの跡取り息子じゃないってことを、ちゃんとアピールしないとな」

「そのつもりです」

「頑張ってよ。健人は優秀なんだから」ほほ笑みかけてくる恭子に、健人は静かに笑みを返した。

「会社にとっても、おまえにとっても重要な機会だからな。頑張れよ」

「わかってます」

健人は背筋を正した。


理沙は灯台のふもとであたりを見回していた。と、植え込みの陰に隠れて、いたずらっぽく笑っている春樹と目が合った。

「お母さん！」

春樹が両腕を広げて走ってくる。

「春樹おかえり～会いたかった！」

理沙は春樹を抱き留め、再会を喜び合った。

「ありがとな。春樹と一緒にいられてよかったよ」翔平が近づいてくる。

「うん」理沙は笑顔で頷いた。

翔平とは、普通の調子で話すことができる関係だ。

海辺で遊び始めた春樹を、理沙と翔平はしばらく二人で見守った。

「電話でも言ったんだけど、やっぱり経済的にも、俺が引き取ったほうが春樹にとっていいんじゃないかな。そうすれば春樹がやりたいこと、なんでも選ばせてあげられる」

「私だってそうするよ」理沙はムキになって言った。

「実際は難しいでしょ」

「そんなことない！」

「じゃあこのままずっと、春樹に父親がいなくてもいいってこと？」

そう言われてしまうと、何も言い返せない。黙り込む理沙に、翔平は電話のときと同じように「よく考えといて」と言った。


久々に帰ってきた春樹は、夜になり熱を出した。夜中にどんどん熱が上がっていくので、理沙は春樹を背負い、病院の救急外来に駆け込んだ。

「お母さん、ごめんね。明日も仕事なのに」

春樹は火の玉のように熱い体で、けなげに気を使っている。

「大丈夫だよ」

理沙は春樹を安心させた。

順番が来て診察室に入っていき、医師を見た理沙はぎょっとした。驚いたことに、宗佑だ。宗佑も理沙を見て目を見開いていたが、口角を上げてニッと笑った。

「お母さん、今日はどうされました？」

宗佑は理沙をお母さんと呼んだ。

「……あ、子どもが熱出しちゃって」

「はい、じゃあ春樹くん。お口開けてください。あーん」診察が始まった。「次は胸の音も聞きますね」自分でTシャツをめくる春樹を、宗佑は偉いね、と褒めてくれた。そして、軽い風邪だと診断した。

「お薬出しとくんで、飲ませてあげてください」

「ありがとうございます。早川……先生」

「お大事に。小椋さん」

理沙は狐につままれたような気持ちだが、宗佑は平然としている。理沙は春樹を連れて診察室を出た。

『本日、関東地方沿岸部では低気圧や前線の影響で広く大荒れとなる見込みです』

朝のニュースでアナウンサーが伝えている。画面には『関東　夕方から夜にかけて厳重警戒』とテロップが出ている。

「雨やばそうだね」海斗は朝食を食べながらテレビを見て言った。

「風もすごいし、店休みにしてよかったな」亮が頷く。

「お店大丈夫かな？　雨漏りとか」

「……結構やばいかもな」

二人が話しているのを聞きながら、夏海はキッチンで洗い物をしていた。ぼんやりしていたせいで皿が手から滑り落ちてしまい、ガシャンと派手な音が響く。

「大丈夫か!?」すぐに亮が飛んでくる。

「ちょっと手が滑っただけ。ごめん、皿割れちゃった」

「姉ちゃん、最近変だよ」海斗が言う。

「寝坊するし、砂糖と塩間違えるし、お皿割っちゃうし。健人くんとケンカしたから？」

「違うから。何言ってんの」

「連絡先知ってるんでしょ？　電話して仲直りしたら？」

海斗は簡単に言うけれど……。夏海は口を尖らせた。


健人は会社の自席で、スマホの天気予報を見ていた。夏海の住む街が雨雲で覆われている。

「水島さん、いよいよですね。あー緊張してきた！」

後輩社員の大倉智紀（おおくらともき）と上沢勇（かみさわゆう）が資料を手に、近づいてきた。今回、一緒に設計図を作ってきたチームのメンバーだ。

「なんか寂しくもありますね。この案件、ずっとやってきたんで」

大倉が言うように、今日はいよいよプレゼンの日だ。

「終わったら全員で昼飯行きますか？」

「でもこの後、雨降るっぽいけど」

二人は窓の外を見ている。健人はもう一度スマホのメッセージアプリを起動し『雨大丈夫？』と、夏海にメッセージを送信した。

雨が強くなってきた。食堂が心配になり、夏海は防水パーカーを羽織った。亮も雨具を着込み、玄関先に出てきた。近所の様子を見にいくのだという。

「あの辺お年寄り多いだろ。ミチさんもいるし、チヨさんもいるし、雨戸閉めるのもひと苦労だろうから」

「気をつけてよ。お父さんだって腰悪いんだから」

夏海が亮を送り出すと、海斗も玄関に出てきた。

「俺も彼女のとこ行ってくる」

「いやいや、秋香ちゃんちは大丈夫でしょ？」

「でもこういうピンチのときに行かなかったら彼氏失格じゃん！」

玄関のドアを開けた海斗は、あまりの雨の勢いに「うわー、やべー！」と、声を上げている。

「行くか」

夏海も家を出て食堂に向かった。

プレゼンの時間が近づき、健人は会議室に入った。上沢たちは、まだ誰もいないテーブルに資料を配っている。健人はチラッとスマホを見た。夏海に送ったメッセージには既読がついていない。

「水島さん、配り終わりました」

「ごめん。ちょっと電話」

健人は廊下に出た。夏海にかけてみたが、呼び出し音が鳴り続けるばかりだ。健人はしばらく、考え込んだ。

「水島さん、そろそろお願いします」上沢が会議室から顔を出した。

「ああ」

健人はそう答えたが、なにかに弾かれたように走り出した。

容赦なく強風が吹きつけてくる。小柄な夏海は一歩進むのも大変だ。壁に立てかけてあったボードが倒れてきたがどうにか受けとめ、通路の端にボードを寝かせる。

「うそ……」

食堂の裏手に回ってみると、外壁と屋根の一部がはがれていた。防水シートをかけようとすると、誰かに腕を摑まれ、引っ張られた。その瞬間に、夏海がいた場所に屋根の波板が崩れ落ちてきた。

顔を上げると、匠だった。

「匠？」

「一人で何してんだよ。危ないだろ。家にいろよ」匠は叱るように強い口調で言う。

「そっちこそ、なんで来てんの？」

「……心配だったから」

「あっごめん。私が店壊れそうとか言ったから」

「店じゃない」

匠は夏海の腕を握ったまま言った。

「え？」激しい雨に目を細めながら、匠の顔を見上げた。

「夏海のことに決まってんだろ」

真剣に言われ、夏海はうつむいた。

交通網は、東京エリアにも影響が及ぶほどだったが、どうにかして健人は夏海の住む街にやってきた。ずぶ濡れになりながら海辺にあるKohola食堂に走っていくと、脚立にのぼった夏海が食堂の屋根に防水シートをかけている姿が遠巻きに見えた。かなり危なっかしい体勢だ。

「夏……」

名前を呼ぼうとしたまさにそのとき、強い風が吹き、シートがあおられた。屋根の波板が落ちてくる。ハッと息を呑む健人の目の前で、夏海が脚立から転落した。でも次の瞬間、匠が夏海を受け止めている様子が目に飛び込んできた。

「大丈夫か!?」

匠は片手で夏海の肩を抱き、もう一方の手で夏海の手を握った。

「……うん」

「怪我は?」

「大丈夫。そっちは?」

「大丈夫」

「よかった」

二人は頷き合い、また作業に戻った。

健人はその場から動くことができず、激しい雨に打たれていた。

Chapter 4

翌朝は台風一過で、昨夜の大雨が嘘のように青空が広がっていた。でも一歩外に出ると、あちこちに板切れやら植木鉢やらが散乱し、台風の爪痕が残っている。

「おはよう。朝から大変だね」

片づけをしている近所の人たちに声をかけながら、夏海はＫｏｈｏｌａ食堂の様子をチェックした。屋根があちこちはがれてしまったので、内部はシートで覆ったが、かなりひどい。外の看板も壊れてしまっている。夏海は『誠に勝手ながら臨時休業とさせていただきます』の張り紙を出した。

「よし、やるか！」

とりあえず転がっている板の釘を、ハンマーについている釘抜きを使って引っこ抜こうとしたけれど、なかなか抜けない。

「うおおお！」

頭に血がのぼるほど力をこめて懸命に釘を引っ張っていると、背後から「おい」と、声をかけられた。振り返ると、仕事着姿の匠が立っていた。

「ひとりで何やってんだよ」

「え、なんでいんの？」

「貸して」

匠に言われ、最初は自分でやると意地を張ったけれど、結局ハンマーを渡した。匠は釘ではなく板をトントンと打ってから、手慣れた手つきで釘を抜いた。

「こっちは俺がやっとくから」匠はそのまま作業を続けた。

「こんな朝早くにどうしたの？」

「散歩のついでに寄っただけ」

「え、散歩？　匠、朝弱いじゃん」

「それは昔の話だろ。今は早起きだから」

「そっか。大工さんって朝早いもんね。匠のことならなんでも知ってると思ってたけど、そうでもなくなってきてんだね」夏海はしみじみ呟いた。

「ここ押さえて」

言われた通りに木材を上から押さえると、匠は黙々と釘を打った。

「ありがと。でもそんなに優しくしなくていいからね。私なら全っ然大丈夫だから」

夏海は匠に言い、自分は別の作業に移った。

健人は水島建設の社長室に悄然(しょうぜん)と座っていた。ドアが開く気配に、さっと立ち上がる。

「責任者が直前で仕事を投げ出す。こんなこと、前代未聞だな」

創一は入ってくるなり、言った。「しかもそれがまさか自分の息子だとは」

「本当にすみませんでした」

今回の件に関してはただただ、謝るしかない。

「一体どこに行ってたんだ?」

「……友人が心配で」

それだけ言うのが、精いっぱいだった。

「仕事よりも?」一度問いかけ、創一は「聞き方を間違えたな」と、言い直す。

「え?」

「おまえを信頼して今まで付いてきた部下たちよりも、大事な友人だったのか?」

再度の問いかけに、健人は喉が詰まったように、言葉が出てこなかった。

さんざんしぼられて自席に戻った健人は、スマホを取り出した。夏海から朝七時台に返事が来ていて『ごめん!』『返事遅くなってごめん!』『全然大丈夫だったから安心して!』とある。健人はスマホを閉じ、ため息をついた。

手伝ってくれたお礼に、夏海は匠に朝食を食べていってもらうことにした。

「仕事前の人にひと仕事させちゃった」カウンターの向こうの匠に笑いかける。

「それは夏海もだろ」

「私はいいの。ひと仕事でもふた仕事でも！　早く直して再オープンしたいからさ」

「ふた仕事ってなんだよ」

笑っている匠に「はい、これお昼」と、弁当の包みを渡す。そして自分は続きの作業をしようと軍手をはめた。

「無理すんなって。危ないし、俺がやるから」匠が立ち上がって夏海を止めた。

「大丈夫だから。釘の抜き方も覚えたし。早く食べて仕事行っちゃいなよ」

「急にどうしたんだよ」

「どうもしてないけどさ。いつも匠に甘えてばっかりじゃだめじゃん」

夏海が作業を始めると、愛梨と理沙が「おはよ！」と、賑やかに入ってきた。

「あれ、匠もいんの？」

「先越された〜」

「こんな朝早くにどうしたの？」夏海は二人に尋ねた。

「お店直すの手伝いに来ました！」

二人とも手にモップなどの掃除道具を持っている。

「なっつん一人じゃ大変でしょ」

「仕事の前にちょっとでもって思ってさ」

「Ｋｏｈｏｌａが休んでるの寂しいしね」

「えー！　二人ともありがと！」

夏海は二人に抱きつき、お決まりの儀式をやる。

「じゃあさっそく行きますか！」

三人はハイタッチを交わし、わいわいと片づけを始める。

「そういえばさ。健人くんとはどうなったの？」

愛梨が尋ねるのを聞き、匠は反射的に夏海を見た。夏海は曖昧な表情を浮かべながら黙っている。

「あれ、まだケンカ中？」理沙が尋ねると「まあね」と苦笑いを浮かべている。

「え、でも連絡したんでしょ？」

「うん。心配して連絡くれて、大丈夫だよって返事したんだけどさ」

「もしかして返ってこないの？」

「まだ怒ってんのかな。正直言いすぎちゃったし」

「じゃあ電話してみればいいじゃん」愛梨が言う。

「大事な仕事あるって言ってたし、邪魔したくないじゃん」

「ほっとけよ」匠は苛立ちまかせに声を上げた。「ホントに心配してたら、向こうから連絡してくるだろ」

「そうかな」

「そうに決まってんだろ」匠は足元に転がっていた板を荒っぽく蹴飛ばしてどかした。

「え、なんか怒ってる?」理沙が驚いて匠を見た。

「は? 怒ってない」

「大丈夫とか言っちゃったけど、実際はこんな感じだし」夏海は店の中を見回し「ちゃんと謝んなきゃな」と、呟いた。匠はそんな夏海を不満げな顔をして見つめた。


散らばったゴミを拾い集めて運んでいると、愛梨たちもついてきた。

「でもさあ、よかったじゃん。匠が来てくれて」

「やっと、なっつんの良さに気づいたんだ」愛梨と理沙が匠に聞こえないように囁く。

「十年越しの両思いか!?」愛梨は勝手に盛り上がっている。

「違うよ。匠はただ優しいだけだから。今まで優しくされるたびに、好きになっちゃうかも～なんて思ってたけど、毎回違ったし。私が勝手に好きになっただけだから、いつまでも引きずってちゃだめだよね」

「なっつん……私たちはずっとなっつんと一緒にいるからね」愛梨が言い、

「うん。うちらにはどんどん甘えていいから！」理沙も頷く。

「急にどした？　でもサンキュ！」夏海が言ったとき、匠が入ってきた。

「よし！　じゃあさっそく次行こうよ」愛梨がわざとらしく、声のボリュームを上げた。

「健人くんたちに手伝ってもらおうよ」

「あり！　男手あったほうが絶対いいし」理沙も賛成している。

「わざわざ悪いでしょ」

「大丈夫だよ、絶対心配してるもん」と、愛梨は確信しているようだ。

「してるかな」

「ついでに仲直りしちゃえばいいじゃん。仲直りしたいんでしょ？」

理沙に見つめられ、夏海は無言で頷いた。

「じゃあ決定！　連絡しまーす」

愛梨がスマホを取り出した。


健人が重い気持ちでオフィスに戻ると、上沢らチームのメンバーが近づいてきた。

「水島さんお疲れさまです。大丈夫でした？」

「社長から呼び出されたって聞いたんで。この間の件ですか？」

「……うん。みんな本当にごめんね。迷惑かけて」健人はみんなに謝った。

「大丈夫ですよ。次の企画もよろしくお願いします」

みんなはにこやかに言いながら去っていったが、健人から離れると「これだからジュニアは」と、コソコソ言っていた。


匠はなんとなく面白くない気持ちで仕事に向かった。灯台近くのデッキを歩いていると、視線の先にぼんやりと座って海を眺めている女性がいる。佳奈だ。

「先生」匠は思わず声をかけた。

「あ、牧野くん。あれ？　仕事中？」

「大丈夫ですか？」

「え？」

「自転車、また壊れたのかなって」

佳奈の後ろに、自転車がとめてある。でも佳奈は少し面倒くさそうに大丈夫だと答えた。

「海、見てただけだから」

「海？」

「海なんて眺めて、失恋した人みたいでしょ」佳奈はいたずらっぽく匠を見る。

「……からかわないでください」匠は佳奈から目を逸らした。

「私と旦那、仲良さそうに見えたでしょ」佳奈はまた海に視線を戻す。

「本当はそうでもないんだよね」

「えっ」

「じゃあそろそろ行くね。牧野くんと喋れてよかった。じゃあね」

佳奈は思わせぶりな言葉を残し、自転車を押して去っていく。

「先生」

慌てて声をかけたけれど、佳奈は振り返らなかった。


夏海が一日中店の片づけをして、やっと終わりに近づいてきた頃、亮が帰ってきた。

「ただいま。まだやってんのか？」

「そろそろ晩ご飯作んなきゃね」

いつのまにか、日が落ちている。

「飯はいいけど、無理すんなよ。あんまり手伝えなくてごめんな」

近所の家のベランダや縁側を直して回っている亮は、手にしていた工具箱やホース、縄などを床に置いた。

「それに、みんなが来てくれることになったから準備しときたくて」夏海は言った。

「みんなって匠か？」亮はニヤニヤしながら言う。

「匠もそうだし、東京からも手伝いに来てくれるんだって」

「へえ、いい奴らだな」

「うん。いい奴らだね」

夏海は照れ笑いを浮かべながら、亮のために麦茶を用意した。


休日、健人は守たちと海辺の街に降り立った。

「久しぶりだな！」守は気持ちよさそうに海風と陽の光を満喫している。

「せっかくの休日なのに、なんで店の修理なんか」修は相変わらずだ。

「おまえ、どこまでも薄情な奴だな」

「おまえだって、どうせあの尻軽女に唆（そその）かされただけだろ」

「失礼なこと言うなよ。愛梨ちゃんはそんなんじゃねえから。そう見えるだけで」

「おまえのほうが失礼だろ」

二人の言い合いは続いているが、健人は無言で二人の後ろを歩いていた。

「で、おまえはさっきから浮かない顔してんな」守が振り返った。

「また仕事の悩みか？」修が尋ねてくる。

「別に。大丈夫だよ」

「先生と何かあった？」守はサップボードを教えてくれた夏海をいまだに先生と呼ぶ。

「あの野生児と？」修も健人を見ている。

「何かってほどじゃないけど……ちょっと言い合いみたいになっちゃって」

「へえ、珍しいな」守に言われ、健人は「え？」と首をかしげた。

「おまえが誰かと揉めるなんてこと、滅多にないだろ」修が言う。

「そうかな」

「じゃあ今回は店だけじゃなく、先生との関係も修復しないとな」

「できればそうしたいけど」健人は薄くほほ笑んだ。


「派手にいっちゃってんな」食堂に到着すると、守は中を見回して声を上げた。

「薄汚いとは思ってたけど、見た目通りにちゃんとボロいんだな」修が顔をしかめる。

「けっこう直したほうなんだけどね」夏海は肩をすくめた。

「このぐらいのほうが直し甲斐あるって！」守は能天気だ。

「あれ、健人くんは？」愛梨が二人に尋ねた。

「さっき仕事の電話かかってきて」守が言い「あいつは忙しいからな」と、修も言う。

「……そうなんだ」夏海は黙々と作業に取り掛かった。

「先生もしかして健人のこと気にしてた？」守が冷やかすように言う。

「は？　そんなことないし」

「残念。健人は気にしてたんだけどなあ」

守に言われて夏海が困惑していると、愛梨が「ちょっとこっち来て」と、二人を連れていった。

「ごめん、遅くなった」

そこに健人が入ってきた。目が合ったが、健人の表情は硬い。夏海はどうしようかためらいつつ「久しぶり」と、声をかけた。

「うん」健人の表情は硬い。

「びっくりしたでしょ。けっこう壊れちゃってさ」

「びっくりしたっていうか……大変だったね」

「でも、怪我人出なかったし」夏海は言い、話題を変えた。

「この前の仕事どうだったの？　大事なプレゼン？」

「ああ、大丈夫だったよ」健人はなぜか歯切れが悪い。

「そっか。よかった」夏海はうつむき、手元の軍手を見つめた。そして思い切って、顔を上げた。

「あのさ、この前のことだけど」言いかけたとき……。

「夏海」

いつのまにか、匠が近くにいた。「ちょっとこっち手伝って」

「あ、うん」夏海は健人を気にしつつ、匠のほうに行った。


仕事を終えた理沙は、春樹と手をつないで食堂に向かっていた。

「僕もお店直す！」春樹も張り切っている。

「早く直して、ご飯食べにいってあげようね」

「じゃあお父さんも一緒がいい！」

「え……？　そうだね」

微妙な表情を浮かべていると、前から宗佑が走ってきた。理沙は咄嗟に顔をそむけた。ランニング中のようで、腕時計でタイムを確認している。

「あ、病院の先生！」春樹が気づいてしまい、声を上げた。

「あ、小椋さん」宗佑が理沙たちに笑顔を向けた。

「先生、こんにちは」理沙も必要以上にはきはきと言った。

「春樹くん、風邪治ったんだね」

「うん！　薬飲んだから」

「お、偉いなあ」

「こんなに暑いのにジョギング？」敬語を使おうか迷ったが、結局砕けた調子で尋ねた。

「日課なので」宗佑のほうが敬語で返答する。

「へえ。じゃあ頑張って」

春樹の手を引いて立ち去ろうとすると「これから遊びにいくんですか？」と、問いかけられた。

「修理だよ！」春樹が、理沙より先に答えた。

「修理？」

「この間の大雨で友だちのお店が壊れちゃって。それの手伝い」理沙は説明した。

「え、じゃあ俺も行きますよ。人手があったほうがいいだろうし」

宗佑は「な？」と、春樹に笑いかけている。

「まぁそうだろうけど」

理沙は意外すぎる展開に戸惑いを隠せなかった。

「すごい！　先生、おうちも直せるの？」

キラキラした表情で見上げている春樹の目線に合わせて、宗佑はしゃがみ込んだ。

「風邪を治すほうが得意だけどね」


みんながあちこちを片づけたり修理してくれたりしている中、健人はタブレットに食堂の図面を起こし、問題点を書き出していた。

「へーえ、これうちの店？」夏海がノートパソコンをのぞき込んでくる。

「せっかく直すんなら、もっと丈夫にできないかなと思って」

「さすが建築士」

夏海は匠が近くで作業していることに気づき「匠もこういうのやってんの？」と、声をかけた。

背を向けていた匠は振り返ってタブレットの画面をのぞき「まぁ」と、短く言った。

「え?」健人は匠を見た。

「あ、匠は大工だからさ」夏海は健人に説明した。

「二人、相性いいんじゃない? 似たような仕事してるし!」

愛梨がそう言うと、修がいつものように悪態をついた。

「そんなわけねえだろ。東大卒の建築士と、こんな奴を一緒にすんなよ」

「はぁ? アンタまた嫌味?」

愛梨がそうキレると、健人も修を諫めた。が、もう険悪な空気が漂ってしまった。

「まぁたしかに勉強は苦手だったかもけど、図工と体育は超得意だったよ。ね?」

夏海は匠に笑いかけた。そして「さ、続き続き」と、空気を変えようとした。

「……たしかに相性は良くないかもな」匠は吐き捨てるように言った。

「建築士って現場のことわかってないし」

「何言ってんの?」今度は夏海が匠を諫めようとする。

「そういう人もいるだろうね」健人は落ち着いた口調で言った。

「自分は違うみたいな言い方だな」

「そのつもりだけど」

バチバチと飛び交い始めた火花を消すように夏海が口をはさむ。

「ちょ、ケンカしないでよ」

「もしかして健人に妬いてんのか？」守は軽い調子で茶々を入れた。「でも健人は手強いぞ。なんてたってあの水島建設の跡取り息子だからな！」

「守、今はそんなことどうでもいいから」健人は心からうんざりして言った。

「でも事実だろ。次期社長」修が言う。

「社長！　やば！」愛梨は目をまん丸くしている。

「そう決まったわけじゃないから」

「決まってんだろ！　生まれたときから社長へのレールがピシッと敷かれてんだから」

守の言葉に、健人はうつむいた。

「先生、モテモテだな！」守は夏海に言った。

「とにかく、おまえなんかじゃ逆立ちしても勝てない」修は匠に言う。

「あのね」夏海は守を見た。「勝つとか勝てないとか関係ないの！　第一、匠は好きな人いるんだからさあ」

「え、そうなの？　なんだつまんねーの」

「つまんなくて結構。早く進めてくださいな」

夏海はみんなに声をかけた。

みんなが自分の持ち場に戻り始めたとき、匠が健人に声をかけてきた。

「ちょっといいか？」

「え？」

「外。手貸してほしくて」

「……わかった」

健人は頷き、手にしていたタッチペンを置いて立ち上がった。


外に出た健人は、匠が作り直している棚の、側板と棚板を支えていた。向かい合う位置に立っている匠が、インパクトドライバーでネジを締めていく。

「手際いいね」健人は匠の手つきを見て言った。

「普通だろ」匠は健人の顔を見ることもなく、ぶっきらぼうに言う。

「やっぱり大工には勝てないな」健人も目を伏せたまま言った。そして、「でも、他は負けるつもりはないけど」と、つけ加えた。

匠は驚いたのか、正面から健人の顔を見た。そしてすぐに目を逸らし、別の工具を取りにいく。

「で、何？」健人は匠に声をかけた。

「は？」

「何かあるから呼び出したんでしょ？」

「大雨の日」

匠はしばらく迷った様子だったが、口を開いた。「ここに来てただろ」

「気づいてたんだ」

あの日、すぐに立ち去ったので気づいていないと思っていた。

「夏海は知らないと思うけど」匠は作業を続けながら言う。

「そう」

「なんで帰った？」

問いかけられ、なんと答えるか迷った。でもあのとき感じた気持ちを正直に口にした。

「……君と一緒にいるのが見えたから」

「修理してただけ」

匠は相変わらず、健人を見ない。

「邪魔しちゃ悪いなあと思って」口にしてからもう一度考え「あ、違う」と、否定した。

「え？」

匠が問い返してきたのとほぼ同時に、夏海が現れた。

「二人とも喉渇いてない？」と、近づいてきて麦茶のグラスを渡してくれた。

「ありがとう」健人はグラスを受け取った。中にガラスのクジラがいるグラスだ。

「ハイ、匠も」

「……サンキュ」匠は健人と色違いのクジラのグラスを受け取った。

健人と匠は外の作業を終えて中に戻った。

「そういえば姉さんは来ないの？」守が愛梨に尋ねた。

「オグねぇ？　遅れて来るって」

「春樹と来るって言ってたよね？」夏海は愛梨に確認した。

「春樹！　例の彼氏だ！」守が言う。

「え、彼氏っていうか……」夏海は説明しようとしたが、愛梨は「まぁ彼氏みたいなもんじゃん」と言う。

「ごめん遅くなった」

理沙が、春樹と若い男性を連れて入ってきた。

「えっ彼氏!?」

「え、子ども!?」

夏海と守が同時に声を上げた。

「春樹、みんなに挨拶して」理沙は春樹の肩に手を置いた。

「おぐらはるきです！」

「こっちが春樹か」守は納得し、「子持ちだったのかよ」修は意外そうに理沙を見ていた。

「あの、もしかしてライフセーバーさんですか？」愛梨が尋ねると、

「はい。よく砂浜で会いますよね」宗佑は爽やかに笑い、自己紹介をした。

「やっぱり！　なんでオグねぇと!?」

「たまたまそこで会ったから」理沙は淡々と言った。

「先生も手伝ってくれるんだって！」

春樹の言葉に、夏海は「先生？」と、宗佑を見た。

「お医者さんなんだよね。春樹の小児科の」

「てっきり旦那さんかと」

健人が言うと、理沙は「違う違う！」と即座に否定した。

「できれば、そうなりたいんですけどね」宗佑は飄々と言った。

「は？　何言ってんの」

「そんな予定はないかな」宗佑はほほ笑みながら理沙を見ている。

「え、やっぱ二人、もしかして……」愛梨は二人を見比べた。

「違う！」春樹が声を上げた。「先生は僕のお父さんじゃないから」と、宗佑を睨む。

「そうだね。ごめん」

宗佑はすぐ謝ったが、春樹は頬を膨らませて怒っていた。

夏海と愛梨はコソコソと「よし、いったん整理しよ」と言いながら、テラスで作業する理沙のそばに腰を下ろした。

愛梨は食堂にいる宗佑をチラリと見ながら切り出す。

「あの人はオグねぇのお店のお客さんで、春樹の小児科の先生です。で、うちらが砂浜でよく会うライフセーバーさんでもあり……。溺れたオグねぇと全裸で寝てた人！」

「うわー！」夏海は声を上げた。

「だから、やけに距離近かったんだ……」愛梨はニヤニヤしながら理沙を見た。

「でもそんなんじゃないからさ」

「絶対そんなんじゃん！」

「『できれば、そうなりたいんですけどね』『そんな予定はないかな』」

愛梨と夏海はさっきの宗佑の口調を真似しながら理沙を見る。

「いやいや、一回寝ただけでそんな」

理沙は鼻で笑ったが、二人は寝たなんて話は聞いていない。

「え～!?」

夏海と愛梨は大声を上げてしまった。


大勢で作業を続けたが、まだまだ先は長そうだ。

「みんな、ちょっと休憩しよ！」

夏海は人数分の氷を削り、声をかけた。みんなはわいわいカウンターに集まってくる。

「今日はシロップかけ放題！　みんな好きなのかけて！」

夏海が色とりどりのシロップの容器を、カウンターに並べると、さらに盛り上がる。

「安上がりなお礼だな」

修がまた、盛り下がることを言った。

「は？　せっかく作ってくれたのに何その言い方」

愛梨がすかさず注意する。

「いいって！　じゃあ特別サービスで全種類かけとこっか？」

夏海が言うと、修は「俺はメロンがいい」と、結局かき氷を食べる気満々だ。

「はい。匠はこれでしょ」

夏海は匠の前にイチゴのシロップをかけた氷を置いた。匠は作業中もみんなになじむことなく、いまも端の席に拗ねたような顔つきで座っていた。

「え、よくわかったな」

「だって昔からこれしか食べないじゃん」

夏海が匠に笑いかける様子を見ていた健人は「じゃあ俺もイチゴにしようかな」と、声をかけた。夏海は「了解」と、イチゴのシロップをかけて健人に差し出す。

「ありがとう」受け取ろうとすると、皿を持つ夏海の手に触れてしまった。

「あっ」夏海がピクリと反応した。一瞬見つめ合い、健人も「あっ、ごめん」と、慌てながら皿を受け取った。と、そのとき、スマホが鳴った。匠のスマホだ。夏海が何の気なしに見ると、匠が持っているスマホの画面に『長谷川佳奈』と表示されていた。

「あ、ちょっとゴメン」店の外に出ていく匠の背中を、夏海はしばらく見送っていた。夏海が見せた、切なげな表情を、健人は見逃さなかった。


『ごめんね。急に』

テラスに出て電話に出た途端に、佳奈の声がした。

「……大丈夫です」

『今からちょっと会えないかな?』

佳奈の言葉に、鼓動が高まる。

『ちょうど近くまで来ててさ』

「……はい」

『忙しかったら無理しなくても……』

返事を迷いながら、匠は店のほうを振り返った。窓の向こうでは、夏海が楽しそうに氷を食べていた。


匠が店内に戻ってきた。

「溶けちゃったね。新しいの作るから待ってて。このために、めちゃめちゃ氷作っといたからさ」

夏海は匠の皿を手に取った。でも匠は椅子に座ろうとしない。

「え、大丈夫?」

夏海は様子がおかしい匠に声をかけた。

「いや……うん」

「わあ、好きな人から電話だ」

能天気な声を上げたのは、守だ。

「別に」

匠は憮然と言った。

「じゃあ行ってきなよ」夏海がかき氷を用意する手を止めて言う。「呼ばれてるんでしょ? こっちなら全然大丈夫だから」

「……行っていいのかよ」

「うん。匠のおかげで進んだし。行ってきなって」

「……ごめん」

戸惑いを見せつつも、匠はすぐに店を出た。

「ほんとによかったの?」愛梨がカウンターの中に入り、夏海に声をかけた。笑みを浮かべながらけなげに頷く夏海を、健人は黙って見ていた。

板を切ったりペンキを塗ったりと作業を進めながら、健人は宗佑に声をかけた。

「ライフセーバーと医者の兼業って、初めて聞きました」

「実はけっこういるんですよ」宗佑が言うと、守も「すげぇっすね」と感心している。

「うん。どっちも大変な仕事なのに」健人が頷く。

「好きでやってるんで」宗佑が白い歯を見せて笑う。

「修、先輩にいろいろ教えてもらえよ」守は修に声をかけ「こいつも医者なんです」と、宗佑に紹介した。

「あ、そうなんですか？」宗佑が修を見た。

「まあ、初期研修医で」ペンキを塗っていた修は一瞬顔を上げ、すぐ作業に戻る。

「俺でよかったら、なんでも聞いてください」宗佑が感じよく声をかけた。

「けっこうです。だって、どう見ても出世コース外れてそうだし、参考にならないと思うんで」

修の失礼すぎる言葉に周りは凍ったが、宗佑はアッハッハと爆笑した。

「修……」

健人は修を睨み、宗佑に「すみません」と、代わりに頭を下げた。

「いいえ、彼の言う通りなので」宗佑は楽しそうに笑っている。

「ただいま〜」

そこに、制服姿の海斗が帰ってきた。

「あれ、今日も学校？」愛梨が声をかける。

「追試。期末テスト、赤点だらけだったから」夏海は海斗を軽く睨んだ。

「まあね！」

「元気いっぱい言うな！」理沙はツッコんだ。

「あっ健人くんだ」

海斗は健人を見つけて無邪気に近づいていった。

「健人くん宿題教えて。てゆうか全部やって」

「あんたほら、ダメ！　部屋行って自分でやる！」夏海は海斗を追い立てた。

そんな海斗の背中を見送りながら、修が言った。

「バカを擬人化したような弟だな」

「え？」

夏海の顔が、ピクリと引きつった。

「母親がいないとやっぱ、あんな子どもに育つのか」

「おい！」健人がすぐに声を上げた。

「あんたマジで何言ってんの？」愛梨もすかさず反応する。

「愛梨、いいって」夏海は愛梨を制した。

「よくない！　今までのは見逃してあげてたけど、今回のは許せない」

愛梨はつかつかと修に近づいて言った。

「なっつんに謝って」

「はぁ？　事実だろ」

「修、もうやめろって」

健人が止めたのと同時に、愛梨は修の頬をひっぱたいた。

「いい加減にしろよ！　なんで人の気持ち考えないの？　黙ってないで答えろよ！」

「……興味が、ないから」修が口を開く。

「は？」

愛梨の怒りは収まらない。

「まままままま。二人とも落ち着いて」守が二人の間に割って入ってきた。

「修は他人の気持ちに興味がないんじゃなくて、考えてもわかんないんだよ。まぁそれが修のコンプレックスでもあるから、どうか甘く見てもらって……ね？」

「……わかった」愛梨は口を尖らせながらも、納得した。

「愛梨ちゃん、優しい」

守はおどけた口調で言いながら、愛梨の両肩をそっと押して、修から引き離した。

「またポイント稼ぎかよ」

修は、今度は守に突っかかった。「さすが学歴詐称」

「え？　東大でしょ？」理沙が守の顔を見る。

「東大じゃなくて東横大な。まあ、おまえの身の丈には合ってたんだろうけど」

「バカにしすぎだろ」

守は修の正面に立ち、睨みつけた。

「おまえだって恥ずかしいんだろ？　だから東大卒のフリしてコイツらに近づいて」

「自分だって、恋愛に興味ないフリして、実際はできないから逃げてるだけだろ。だからいつまでも童貞なんだよ」

「負け惜しみかよ。落ちこぼれのくせに」

「修、言いすぎだよ」

健人が二人を止めようとしたが、守が修の胸ぐらを摑んだ。

「やめて。手出さないで」夏海が声を上げた。

「離せって」健人が力ずくで守を引き離す。

「……俺帰るわ」

店を出ていった守を、愛梨が追いかけた。

「待って！」愛梨は歩道橋の上で守に追いついた。

「戻ろうよ。みんな待ってるから」

「いいよ。どんな顔して戻ればいいかわかんねぇし」

守は掴まれた腕を振りほどいた。

「東横大卒で、一発逆転狙った司法試験で落ちまくったあげく、親にも愛想尽かされたフリーターの顔なんだろうけど……。愛梨ちゃんだって健人とか修のほうがいいでしょ？」

「は？」

「二人とも東大卒のエリートだもんな。俺なんかと違って」

「ねえ。どうでもいいんだけど！」愛梨は叫ぶように声を荒らげた。

「え？」

「大学とか司法試験とか、どうでもいい！　でも、自分の友だちにそんな言い方する人は嫌い」

愛梨の顔をポカンと見ている守に、歩み寄る。

「守くんは、自分で自分を下に見てるだけじゃないの？　私が守くんのことをいいなと思ったのは、東大卒でも別荘持ちだからでもないよ。私のために東京の美容室予約してくれて、スタイリストになれるようにって応援してくれた、優しいところ」

愛梨は必死で言葉を紡いだ。でも守は黙っている。

「最後にこれだけ聞いてもいい？」

「え？」

「私にキスしようとしたのも嘘？」

「えっ」

いつも明るく軽口ばかりの守なのに、答えられずにいる。

「そっか……」

愛梨は落胆した表情を浮かべると、「じゃあね」と背中を向けた。


春樹が眠ってしまったので、理沙たちは先に引き上げた。

「今日はありがとう」

理沙は、春樹をおぶってくれている宗佑に言った。

「こっちこそ。急にすみません」

「いや、けっこういろいろあったけどね」

「……ですね」

今日一日の人間模様を思い出し、宗佑は苦笑いだ。

「でも春樹はみんなに遊んでもらって楽しそうだった」

理沙は春樹の寝顔を見つめた。そして波打ち際で、足を止めた。

「本当はあの嫌味野郎が正しいのかもね」

「え？」宗佑が振り返る。

「両親が揃ってたほうが、春樹にとっても幸せなんだろうな。私一人で育てて、寂しい思いさせてるだろうから……この子には悪いことしてる」

「関係ないですよ」

宗佑はまたゆっくりと歩き出した。

「大事なのは愛情だから」

宗佑は歩いていきながら「なあ春樹くん、そうだよな」と、背中の春樹に声をかけている。

「ありがと！」理沙は追いついて言った。

「てか思ってたんだけど、なんで敬語？」

「え？」

「まぁそっか。先生はあくまでも春樹の小児科のお医者さんだもんね」

理沙の言葉に宗佑はとくに何も言わず、無言で歩き続けた。


夏海は帰り支度をする修に「ありがとね」と、声をかけた。

「別に」修はお約束通りの感じの悪さだ。

「でもこれから仕事なのに、わざわざ来てくれたんでしょ？」

「当直な」

「大丈夫？」

「心配されるほどのことじゃない。俺はおまえと違って優秀だから」

「よかった。相変わらずの毒舌っぷりで」

「どういう意味だよ」

「はい、仕事頑張ってね」

夏海はそう言うと、修に弁当が入った袋を持たせた。

修は、袋の中を一瞥（いちべつ）すると、「じゃ」とだけ言って立ち去ろうとする。そんな修の背中に、夏海は声をかけた。

「あと、母親ならいるよ。私がこの家の母親だから」

「……わかった」

振り返った修は、珍しく素直に頷いた。

「じゃあ気をつけてね。あと、ちゃんと仲直りしなよ」

「よけいなお世話だよ。あーー、なんだか、おまえたちといると調子狂うな」

修はいらついた声を上げ、夏海を見た。

「おまえのせいで健人も変わったし」

「何が？」

「大雨の日、健人が仕事抜け出して、ここに来てたの知ってんだろ」

「えっ」

「あんまり、こっちを振り回すなよ」

ぽかんとしている夏海に、修は「じゃあな、ちんちくりん」と言って帰っていった。

夏海が店の外に視線を移すと、健人はテラスで一人、まだ作業を続けてくれていた。


「せーの」

健人と夏海は、作り直した木製の看板を店の前に一緒に立てた。

「おー、いいね」健人は出来栄えに満足だ。夏海も「いい感じ」と嬉しそうだ。

「あのさ」と夏海が切り出した。

「ん？」

「大雨の日、来てくれてたって本当？」

「……あ」健人は言葉に詰まった。

「ごめん。全然大丈夫だったのに」

「いや、俺がどうしても顔見たかっただけだから」

「でも仕事抜けてきたんでしょ？　もっと早く連絡すればよかったね」

「気にしないでいいよ」

二人の間に、沈黙が流れた。何か言わなくてはと健人が口を開こうとすると、夏海が先に「この間」と、言った。

「言いすぎちゃってごめんね……大会のこと応援してくれてたのに。もっと早く謝ろうと思ってたんだけど、言いそびれちゃってて。ごめん」

「ううん。俺のほうこそ、あきらめたって勝手に決めつけて……ホントにごめん」

頭を下げた健人を見て、夏海が驚いている。

「じゃあ仲直りしよっか」

「うん」

健人が頷くと、夏海は気が抜けたように店の前のガードレールに腰を下ろした。背後には海につながる川が流れていて、午後の日差しを反射してキラキラと光っている。

「あーよかった！　気にしてたからさ、すっごい。ずっと」

「ずっと？」

「うん。早く謝らなきゃなって」

「実は俺も、ずっと気にしてた」

「え、そうなの？」

「あ」

健人はポケットからお守りを出した。

「ずっと渡したくて。今回はもらってくれる？」

「うん。ありがと」

「よかった～～。夏海のために買ったから」

「えっ」

「ん？」

「……初めて名前呼ばれた」

「あ、そっか」

急に恥ずかしくなって、健人は照れ隠しなのか「うわっ」と声を上げた。

夏海も照れくさそうに「え？」とか「わ！」と、声を上げている。

「うん。ありがと、健人くん」

「あっ」

「初めて名前で呼んでみた」

「……初めて呼ばれた」

ガードレールに並んで腰を下ろして笑っていると、海斗が店から出てきた。

「姉ちゃん、俺もかき氷食べたかったのに！」

「え、自分で作れるでしょ」

「作ってよ。姉ちゃんが作ったほうが美味しいもん！」

「変わんないから！」

「行ってあげて。あとやっとくから」健人はほほ笑んだ。

「ごめんね、ありがと。すぐ戻るから！」

ダッシュで店の中へ戻っていく夏海を、健人は笑顔で見送った。

店に続く階段を駆け上がりながら、夏海は健人のほうを振り返った。インパクトドライバーを手に作業を再開する健人を見て、夏海は楽しい気分になって笑った。


佳奈のもとに向かっていた匠は、ためらいながらスマホを手に取り、電話をかけた。

『はい』

「先生、すみません。俺、今日は行けません」

『……そっか』

「大事な予定があって」

『……わかった』

「すみません」

電話を切り、匠は夏海の店へ戻った。


健人が外階段の補修をしていると、匠が駆け込んできた。

「なんで戻ってきたんだよ」

健人は、自分を見て突っ立っている匠に声をかけた。

「夏海は？」

「……夏海がどうかした？」

問い返したけれど、匠は健人には答えずに中に入っていこうとする。

「そうだ。さっきの話だけど」

「なんだよ」匠が足を止めた。

「あの日、俺が夏海に会わずに帰った理由。悔しかったから。君に、先を越されたのが」

素直な気持ちを口にした健人を、匠がじっと見ている。

「好きなのかよ」匠は、射るような視線で健人を見ながら言った。

「え？」

「夏海のこと、ホントに好きなのか？　もし好きじゃないんなら、これ以上夏海に近づくな」

「好きだよ」

健人も、匠から目を逸らさずに続ける。「だから、君に渡したくない」

「……俺は別に」匠は口ごもっている。

「好きじゃないなら、君こそ近づくな」

ゆっくりと、静かに、そしてきっぱりと言った。

「俺は、夏海のこと好きだから」

Chapter 5

忙しい日常が戻ってきた。夏海が店の仕込みと弁当の準備をしていると、亮が起きてきた。

「お、旨そう」亮がお弁当に手を伸ばしてくるので、夏海はその手をはたき「さっさと朝ごはん食べちゃって」と注意をした。まったく、どっちが親かわからない。

海斗も起きてきた。海斗はまだ寝ぼけたままのような顔で、冷蔵庫から麦茶を取り出す。

「海斗、今日も補習か。せっかく夏休みなのにな」亮が声をかける。

「仕方ないっしょ。卒業のため。あっそうだ。今日のお弁当、唐揚げ入れといたから」

声をかけたが、海斗は上の空で麦茶を注ぎ続け、グラスから麦茶が溢れている。

「ちょっと、何やってんの。びちゃびちゃじゃん」

「……ごめん」海斗はなんだかいつもと様子が違う。


「なっつん、おはよ」

ドアが開いて愛梨と理沙が顔を出す。三人はいつものハイタッチを始めた。亮もリズムに乗り、最後の「ハッ」は一緒にポーズを決め「今日はよろしくね」と、助っ人の二人に声をかけた。

「わざわざ来てもらっちゃってごめんね」夏海も二人に言った。

「大丈夫。今日は春樹、学校の登校日でいないんだよね」

「それに、なっつんパパ一人じゃ絶対お店回んないもんね」愛梨が亮を見る。

「だよな」笑っている亮は「笑いごとじゃないけどね」と、理沙にツッコまれている。

「だけどなっつんが東京なんて珍しいね」愛梨が夏海を見る。

「サップの展示会だったっけ？」理沙も尋ねてくる。

「そう。東京緊張するー」

夏海は、一人で東京なんてまず行かない。

「あっ海斗、おはよ！」愛梨が店に入ってきた海斗に気づいて声をかけた。

「今日も補習？　頑張れよっ」理沙も海斗に笑いかける。でも海斗は無反応だ。

「どうした？　もしかして具合悪いの？」

夏海が心配して海斗の額に手を当てようとしたが、海斗は「大丈夫だって言ってんじゃん」と乱暴に振り払った。

「ちょっと！　心配してくれてんのに、何その態度」愛梨はすかさず咎（とが）める。

「もしかして彼女とケンカ？」理沙が笑いながら言うと、海斗はビクリとして振り返った。

「秋香ちゃんと何かあったの？」

夏海がそう問いかけると、「なんでもないから」と、海斗は逃げるように出ていってしまった。

「アイツも生意気言うようになってきたね」

「バカで可愛い海斗が」

理沙と愛梨はからかい半分でそう言うが、夏海は心配が募ってくる。

「なんか最近、いつもよりぼーっとしてるんだよね。のんびりはしてたけど、ぼんやりはしてなかったじゃん？」

「男は高校生にもなりゃいろいろあんだよ。気にすんな」

亮はやっぱり能天気だった。


昼過ぎに東京駅に降り立ち、改札を出てあたりを見回してみたが、ビルばかりの景色に夏海は呆然と立ちすくんでしまった。ランチに向かう人も多く、ごった返している。サップ展示会の会場を探そうとスマホのマップで検索しても、どちらに歩き出せばいいのかわからない。

苦心していると、『今日も暑いね。そっちは天気どう？』と通知が表示された。健人からだ。

『たぶん晴れてるよ！』

『たぶん？』

健人からの返信に夏海はちょっと浮き浮きした気分で『今東京にいるから！』と、返した。

画面を見ていた健人は驚きの声を上げた。すぐに自席から休憩室に移動し、夏海に電話をかけてみる。夏海はすぐに出た。

「急にごめん。今大丈夫？」

『うん。健人くんは？　仕事？』

「休憩中。それより東京にいるって」

『そう。これからサップ用品の展示会で』

「ああ、そうだったんだ。でも大丈夫？　迷子になってないかなって」

『……全然大丈夫！　スマホあるし』

大丈夫というのは夏海の口癖だ。

「だよね。でも困ったら連絡して」

『了解！』

会話が終わりそうだったので、健人は「あ」と声を上げた。「展示会の後って、何か予定ある？」

『え？　とくにないけど』

「じゃあ映画でもどうかな」

誘ってみたものの、慌てて言い訳がましく「知り合いがチケットくれて。もしよかったら」と、付け足してみる。

『ふーん。じゃあ行く』

夏海の答えを聞いて、健人の気持ちがふわりと舞い上がる。

「仕事終わったら連絡するから。映画館まで一緒に行こう」

『うん！　それまで時間潰しとくね』

電話を切った健人は、頬が緩むのをこらえきれなかった。


展示会の視察を終えた夏海は、川べりの遊歩道でひな壇状になった広場に座り、持参したおにぎりを食べていた。すると、夏海の視界に、両手に紙袋を持った女性が映り込んだ。

どうやら彼女は妊娠しているようだ。身重の身体に加えて、この猛暑。さらに、荷物も重そうで、階段を上る姿も危なっかしい。案の定、彼女はつんのめりそうになった。

「大丈夫ですか？」夏海はさっと立ち上がり、転ばないよう支えて言った。「すごい荷物ですね。運ぶの手伝いましょうか」

「え、そんなの申し訳ないから」恐縮している女性に「気にしないでください！　こう見えて力持ちなんで！」と明るく笑い、夏海は紙袋を受け取った。


守は修のマンションで、持ち込んでいた荷物をまとめていた。段ボール一個分だ。

「これでスッキリするだろ。今まで入り浸ってて悪かったな」

「別に。泊まりたくなったら、またいつでも来れば」修はぶっきらぼうに言う。

「お、童貞バラされた割に優しいじゃん」

「……俺は別に気にしてないから」

「サンキュ。でも、もうしばらくは来ない。本腰入れて司法試験の勉強するからな。そのためにバイトもやめるし」

「は？　本気かよ」

「完全に無職！　もう後には引けねえよな！」

「バイトまでやめる必要ないだろ。第一また落ちたらどうすんだよ」

「その心配いらねーよ。次は受かるから」

「で、親を見返すってわけか」

「親じゃないよ。愛梨ちゃんだよ」

じゃあまたな。と、出ていこうとして、守は足を止めた。

「あ、そうだ。愛梨ちゃん、もうすぐスタイリストの試験なんだよ」

「……ふーん」

「試験が終わったら、ちゃんと謝って、デートに誘う。おまえには負けないから」

守は今度こそ、じゃあな、と、修の家を出た。

夏海は荷物を持ってあげた女性と仲良く話しながら、大通りまでやってきた。何度も何度もお礼を言われたが、健人の仕事が終わる夕方まで時間を潰さないといけない夏海は「むしろこっちこそ助かりました。暇すぎて困ってたので」と言った。彼女と別れて歩き出し、今は何時でここはどこか調べようとジーンズの後ろポケットに手を入れた。が……、スマホがない。

「え？」

反対のポケットにもない。バッグの中を探ったけれど、見つからない。さっきの川べりの公園のベンチに戻ってあたりを捜したけれどない。サップの展示会場に戻って問い合わせ、東京駅の近くも捜し、交番にも行ってみたけれど、どこにもなかった。どうしよう……。

終業時間ぴったりで仕事を終え、健人は夏海に電話をかけた。

「あ、もしもし夏海？　今、仕事終わって……えっ？」

「いらっしゃいませ！　あっ匠じゃん！」

仕事を終えた匠がKohola食堂に顔を出すと、夏海ではなく愛梨が迎えた。

「愛梨？　オグねぇもいるのかよ。何やってんの？」

「見たらわかるっしょ。店、手伝ってんの」

「なんで？」

匠は自分で水を注いで、カウンター席に腰を下ろす。

「夏海が東京に行ってるからな。心配で二人、手伝いに来てくれてんだよ。最近の若者って優しいよな」

亮の言葉に、いやな胸騒ぎがする。

「東京？　何しに行ってんの」

「サップの展示会だよ」亮に言われ、平静を装って「へぇ」と呟いた。

「ついでに健人くんと会ったりするのかな？」愛梨が尋ねると、亮は首をかしげた。

「せっかくだし、ご飯ぐらい行くんじゃない？」理沙が言う。

「どうする、なっつんパパ？　健人くんとなっつんがつきあったら」

「匠、あんたもったいないことしたね」理沙が匠を見る。

そんなやり取りをよそに、「よし、じゃあ匠、何食う？」と亮はのんきな声をかけたが、匠の気持ちはもう食事どころではなくなっていた。

「今日は帰るわ」

スマホは見つからず、困り果てた夏海は、おにぎりを食べていた場所の近くに戻り、途方に暮れていた。もう日暮れが迫っている。このままでは健人との約束をすっぽかしてしまう。

「……夏海！」と、どこからか、名前を呼ぶ声が聞こえてきた。

「え？」あたりを見回したが、行き交うのはカップルや家族連ればかりだ。

「夏海ー！」

もう一度呼ばれると、健人の声だと確信し、立ち上がった。声を頼りに歩き出すと、ビルのテラスにワイシャツ姿の健人の背中が見えた。

「……うそ」

夏海は驚き「健人くん！」と、大声で呼んだ。でも聞こえていない。また走っていってしまう健人を追いかけ、夏海も呼びかける。何度目かの呼びかけで健人は足を止めてくれた。

「おーい、健人くん！」

夏海は気づいてもらおうと必死でジャンプした。健人も気づいて、階段を駆け下りてくる。

「夏海！」

「健人くん！」

ようやく姿が見えてくると、夏海は健人に飛びついた。健人がしっかりと抱き留めてくれ、体がふわりと浮かび上がる。

「怖かったー！」

「……もう大丈夫だから」健人は夏海を下ろし、やさしくほほ笑みかけてくる。

「会えると思わなかった……」

「うん。見つけられてよかった」

「ありがと」お礼を言うと、健人は「あ、そうだ」と、スマホを渡してくれた。

「スマホも見つけてくれたんだ。ありがとう」夏海は信じられない思いだった。

夕飯を済ませ、二人はビルの屋上から東京の夜景を見ていた。

「うわあ、東京すごっ」宝石をちりばめたようなビルの明かりに圧倒されてしまう。

「……こんなとこ入って大丈夫なの？」

「うん。ここ、俺が初めて建築で関わったビルなんだ」

「へえ、健人くんってすごいんだね」

「いやいや」健人は謙遜し「でも、俺にとっては初心に戻れる大事な場所だから、夏海を連れてきたかった」

「え？」

「夏海とせっかく東京で会えたから」

誠実でやさしい健人の言葉に、夏海はくすぐったい気分だ。

「ごめんね。映画。私のせいで観られなくて」

「気にしなくていいよ。映画はまたいつでも観られるから。それに、映画が観られなかったおかげで、夏海とここに来られたし」

「……うん。私も、映画よりこっちのほうが嬉しいかも。地元じゃこんなキレイな夜景見れないし」視線の先には、ライトアップされた東京タワーが見える。

「よかった」

「こんな都会で、会えたのすごいよね。なんであの場所にいるってわかったの？」

「ああ、スマホを拾ってくれた人に聞いて。夏海は東京に慣れてないし、そんなに離れた場所には行ってないかなあと思って。でも、遅くなっちゃってごめん」

「健人くんだったから、会えたんだね」心から、そう思う。

「だけど、あんな人前で叫ばせちゃってごめんね。恥ずかしかったでしょ」

「正直最初はね。だけどそれよりも、夏海のことが心配だったから」

「本当に安心した。来てくれて。ドタキャンしたって思われて、怒ってるだろうなって心配してたから」

「怒るわけないよ」健人は夏海の顔を見つめた。

「いくらでも待てるし、どこまでも捜しにいく」

「なんで？」夏海も健人の目を見つめ返した。

「……なんでかな」健人は笑いながら、視線を逸らす。

「ホント綺麗だね」

「うん」

二人はしばらく柵越しに夜景を見ていた。

朝、匠が食堂に向かうと、夏海が外でウェットスーツを洗っていた。

「お疲れ」

「最近よく来るね」

夏海は作業の手を止めずに言う。

「……楽しかったか？」

「え？」

「東京の展示会、行ってたんだろ……アイツとも会ったのかよ」

「あ、健人くん？　うん」

夏海はなんでもないことのように頷き、ウェットスーツを干すために階段を数段上がる。

「でもいろいろあって大変だった。夜景はキレイだったけどさ。やっぱ東京ってすごいね」

「……じゃあ今度は俺と行くか？」匠はなぜかムキになっている。「東京。一緒に行こう」

「うん。私は大丈夫だけど。匠ってそんなに東京好きだっけ？」

「は？」

東京が好きとか嫌いとかそういう問題じゃない。トンチンカンな夏海の反応にムッとしている
と、亮が店の中から顔を出した。

「おっ匠！　なんか食ってくか？」

「……うん。そうしようかな」匠は立ち上がり、亮の後に続いて食堂に向かった。

「今日、仕事休み？」

カウンターの中から聞いてくる夏海に匠が頷きを返したとき、ドアが開いた。

「いらっしゃいませ……。えーっ、佳奈先生！」

夏海が声を上げたので、匠も思わず振り返る。

「蒼井さん、元気？　あ、牧野くんも来てたんだ」佳奈が匠の顔をのぞき込む。

「どうしたんですか？」夏海が佳奈に尋ねた。

「実はまたこっちに引っ越してきたんだ。だから挨拶がてら食事しようかなって」

夫の転勤で戻ってきたのだと説明しながら、佳奈は夏海に手土産の紙袋を渡した。

「ありがとうございます。てか引っ越してきたんですね。知らなかった」

「牧野くんには、この間話したよね」

佳奈は急に匠に話をふった。

「え……はい」

「それならもっと早く言ってよ。引っ越しのお祝い用意したのに」

「……忘れてた」

匠はこの場にいるのがいたたまれない。

「気使わなくていいよ。何食べよっかな」

佳奈は角をはさんで匠の隣に腰を下ろした。

「すみませんでした」

夏海が厨房の奥に引っ込んだタイミングで、匠は佳奈に声をかけた。「この間、行けなくて」

「あー。いいよ別に。大事な予定だったんでしょ？」

「……はい」

「それってさ。もしかして蒼井さんのこと？」

「え？」

「お、当たりだ。じゃあもう一個当てちゃおっかなあ。牧野くんが好きなのって、私じゃなくて蒼井さんなんじゃない？」

佳奈に言われ、匠はフロアで注文を取っている夏海をじっと見つめた。


数日後の朝、夏海はいつものようにボードを片づけていたら、その重さに思わずバランスを失ってしまった。でも、危うく転ぶ寸前で、ボードがふっと軽くなった。

振り返ると、健人がボードを持ってくれていた。

「健人くん？」

「実は海斗くんから連絡もらって……」相談があると言われたらしい。「何か聞いてない？」

「とくには。でもたしかに最近おかしいんだよね。お父さんは反抗期だろうから放っておけって言うけどさ。反抗期にしては……」夏海は首をかしげた。

「健人くんの反抗期ってどんな感じだった？」

「え？　俺は反抗なんてさせてもらえなかったからな……」

健人の言葉を聞き、そうだったのか、と、夏海は頷いた。

「ただいま」

そこに海斗が帰ってきた。夏海と健人がそろっているのを見て、深刻な顔で「あのさ、姉ちゃん、健人くん、大事な話があるんだけど」と、言う。そしてドアのほうに戻っていき、制服姿の女の子を招き入れた。彼女の秋香だ。

「海斗くん、やっぱりやめよう」秋香が海斗の腕を引っ張る。

「何かあったの？」夏海は二人に尋ねた。

「姉ちゃん、俺、子どもできた」

「えっ!?」夏海と健人は同時に声を上げてしまった。

「俺、秋香ちゃんと結婚する！」

「はぁ!?」夏海はただただ驚いていた。


愛梨は海辺の階段に腰を下ろし、がっくりとうなだれていた。

「おい」

呼ばれて振り返ると、修がつまらなそうな顔で立っていた。

「え、修くん？　どうしたの？」

「ん」

修は相変わらずの仏頂面のまま、手にしていた花束をぐいっと差し出した。

「私に？」

「この状況でそれ以外考えられるか」

修は花束を押しつけてくる。口ぶりと態度がおかしくて、愛梨は「ですよね」と、笑いながら受け取った。白いマーガレットの花束だ。

「ありがとう。でもなんで？」

「もうすぐ試験なんだろ」

「なんで、知ってるの？」

「守から聞いた」

「……そっか」

「合格祈願の花らしいから。ま、頑張れば」

マーガレットは花の見ごろが過ぎても花びらが落ちないのでそう言われているらしい。

「うん。でももう終わったんだけどね……。たぶん……いや絶対ダメかも。すっごい失敗しちゃったから」

試験中にハサミを落としてしまい、慌てて拾い上げ、そのままカットを続行しようとしてしまったのだ。あり得ないミスだった。見ていた店長たちにも呆れられた。

「まあ頑張りが足りなかったってことで。仕方ないよね」

「俺さ。試験に落ちたことがない」

修はそう切り出すと、少し離れた場所に腰を下ろした。

「おお。このタイミングでそれ言う？」

「でも、試験に落ちても人は死なない。だから、また次頑張ればいいだろ」

「うん」

不器用な言葉だった。でも、だからこそ修の口から出たエールは、愛梨の胸に刺さった。

「実際に落ちまくっても元気に生きてる奴もいるしな」

「ん？　あ、守くん？」

「ま、俺には関係のない話だけど」

「修くんってやっぱりホントは優しいよね」

「別に……。謝りに来たついでだし」修は言い、立ち上がった。そしてしばらく迷っていたけれど「悪かった……。あの日、よけいなこと言って」と、ぎこちない仕草で頭を下げた。

愛梨が驚いて修の頭のてっぺんを見ていると「あの野生児にも次会ったら謝ればいいんだろ」

と、結局、よけいな言葉を言わなくては気が済まないようだ。

「う、うん」愛梨は苦笑いだ。

「……これでよかったのかよ？」

「何が？」

「誰かに謝るの、人生で初めてだから」

「えっ！　謝るのも童貞？」思わず言ってしまうと、修は口を尖らせ、そっぽを向いてしまった。

「冗談じゃん！　大丈夫。合ってるよ。よし、じゃあ仲直りしよ！」

それにしても、修はなぜ愛梨が海辺の階段にいるとわかったのか。愛梨は修に尋ねてみた。

「美容室の人に聞いた。なんかあったら海見にいくって言ってたから」

「怪しい！　ついてきたんでしょ」

「そんなわけないだろ！」

ムキになる修が面白くて、愛梨は笑った。そんな二人の姿を、守が遠くから見ていた。その手には愛梨に渡すはずだったマーガレットの花束が握られていた。


「あ、僕もあれやりたい！」

理沙と一緒に公園に来た春樹は、アスレチック遊具のほうを指さした。でもそこでは見覚えのある顔がトレーニングをしていた。宗佑の後輩のライフセーバーたちだ。

「あれはダメ。ほら、お母さんとあっちで遊ぼ」

さりげなく別の遊具を提案したが、春樹は走っていってしまった。

「あっ春樹！　もう」春樹を見送っていると「あれ、小椋さん？」と、声をかけられた。宗佑だった。理沙は仕方なくベンチに腰を下ろし、春樹を見守ることにした。春樹はいつのまにか宗佑の後輩たちに遊んでもらっている。

「どっちが子どもかわからないですね」宗佑は、隣のベンチに腰を下ろした。

「でも春樹もすっごい楽しそう」理沙は春樹のほうを見たまま「あ、やっぱ敬語やめて」と、宗佑に声をかけた。

「え？」

「なんか居心地悪いしさ。もううち友だちだしタメ語でいいじゃん」

「……友だち？」

「え？　うん」

「じゃあ……あのさ。今度どこかに遊びにいこう」

「え？　でも春樹いるし」

「春樹くんも一緒に」宗佑は理沙の言葉を遮るように言った。

「……なんで？」

「あれっきりで忘れるなんて、俺は嫌だから」宗佑のまっすぐな目が、つらい。困っていると

「理沙」と、理沙の別れた夫であり、春樹の父親である翔平が走ってきた。

「ごめん、道混んでて。遅れた」

「大丈夫。うちらもさっき着いたとこ」

立ち上がる理沙の横で、宗佑も立ち上がり、会釈をする。

「あ、この人は春樹の小児科の先生。で、こっちは私の元旦那」

「息子がお世話になってます」

「こちらこそ」

「新しい男かと思ってびっくりした」翔平がぶしつけに言う。

「そんなわけないじゃん。たまたま会っただけ」と言ったところに、春樹が翔平を見つけて走ってきた。翔平が春樹を抱き上げる。

「一緒に向こうで遊ぼう。お母さんも来て!」春樹に言われ、理沙は頷いた。

「やっと三人で遊べるね!」春樹は嬉しそうだ。

「先生、じゃあまた」理沙は宗佑に一礼し、翔平と並んで歩き出した。


「巻き込んじゃってごめんね」夏海は洗い物をしながら、健人に声をかけた。「バカだとは思ってたけど子どもなんて。アイツ、事の重大さわかってんのかな」

「うーん、結婚か。海斗くんの気持ちはわかるけど。高校生が子育てするのは相当大変だよね。

自分たちだけの問題じゃないし」

洗い物を続けながら、健人は彼らしく現実的な視点で返事をする。

「でも赤ちゃんにとっては、高校生でも親なんだよね……とにかく、海斗ともう一回話してみる。お父さんにはもうちょっと落ち着いたら言うから」

「了解。力になれることがあれば、いつでも言って」健人は言った。


健人は心配して、次の休みの日も来て店の片づけを手伝ってくれた。

「海斗くんとは話せたの？」

「ちょっとだけ」

夏海は海斗に、結婚はやっぱりやめるというわけにはいかないのだから、よく考えろと言った。

「海斗くんなら大丈夫だと思うけど」

「秋香ちゃんとも話してみる」

「スイカ買ってきたぞ。休憩しよ、休憩」と、亮が入ってきた。海斗も一緒だ。

「え、また無駄遣いしたの」夏海は人の気も知らずのんきな亮に呆れる思いだ。

「せっかく健人も手伝いに来てくれてるし」

「じゃあせっかくだし、みんなで食べよ」夏海が亮からスイカを受け取ったとき、ドアが開いて客が入ってきた。

「あ、いらっしゃい。ああ、秋香ちゃんのお父さん、お母さん……秋香ちゃんも！」

亮が快活に声をかけた。秋香の両親も地元の顔見知りだ。

「亮さん、秋香のことで、話がある」秋香の父親が深刻な顔で亮と向かい合った。

「秋香ちゃん、どうかしたの？」

「妊娠してるんだよ」

「妊娠!?」さすがの亮も顔が凍りついた。

「そう。海斗くんとの子どもだって」秋香の母親が言う。

「海斗、おまえ知ってたのか」亮はゆっくりと海斗を見た。

「うん。黙っててごめん」

「うちの息子が、本当に申し訳ない」亮は深々と頭を下げた。

「謝るよりも、今はこれからどうするかだよ」秋香の父親が、感情を抑えながら言う。

「責任取ります。今すぐ学校辞めて働きます。それで、秋香ちゃんと結婚します」

海斗はきっぱりと言った。

「姉ちゃんに言われて、俺なりにちゃんと考えた。考えて、それで秋香ちゃんと結婚するって決めた」

「子どもを育てるっていうのはね。簡単なことじゃないんだよ」

秋香の父親は努めて冷静な口調で海斗に言い、亮に向かってこう続けた。

「亮さん、こんなことは言いたくないけどよ。育て方、間違ったんじゃないのか」

「夏海ちゃん、あなたも海斗くんのお母さんのつもりだったんだろうけど、甘やかしてただけなんじゃない？　結局、夏海ちゃんの努力も無駄だったのかもしれないわね」

秋香の母親が厳しい言葉を夏海に投げかける。夏海も亮も、返す言葉もなくうつむいた。

「……それは違うと思います」

黙って聞いていた健人が、たまらず声を発した。

「部外者は黙ってて」すぐに秋香の母親が制したが、健人は「すみません」と言うとそのまま言葉を続けた。

「だけど、夏海はいつだって海斗くんのことを最優先でやってきたはずなんです。今まで海斗くんのために一生懸命やってきたことまで否定しないであげてください」

「これはうちと海斗くんの家の問題なんだよ、君には関係ない」

父親にも言われ、健人は口をつぐんだ。夏海は健人を見た。そしてカウンターから出ていき、秋香の両親の前に立った。体を二つ折りにするようにして、頭を下げる。

「すみませんでした。私がちゃんと弟を見ていれば、こんなこと、起こっていなかったと思います」夏海は顔を上げて続けた。「だけど、海斗が秋香ちゃんを好きな気持ちに嘘はないと思うんです。甘いことを言っているのはわかってます」

「海斗くんが秋香のこと、ちゃんと考えてくれなかったから、こんなことになってるんでしょ」

母親が厳しい口調で言う。夏海は床に膝をつき、両手をついた。「本当に、申し訳ありませんでした。でも、お願いします。私が責任を持って絶対に、秋香ちゃんのこと、大事にさせますので」

夏海の様子を見ていた亮も「どうか、お願いします」と、並んで土下座をした。

「……違うの」

そのとき、これまで黙っていた秋香が口を開いた。

「秋香ちゃん！」声を上げた海斗を「海斗くん、もういいから」と制し、ごめんなさいと頭を下げた。

「海斗くんの子どもじゃない。海斗くん、私をかばってくれてるだけなの。私がバイト先の人と二股しちゃって。妊娠しちゃったって海斗くんに相談したら、かばうために嘘ついてくれて。本当にごめんなさい」

秋香は泣きながら何度も頭を下げた。あまりに意外な展開に、夏海たちも、秋香の両親も、ただただ呆気にとられたまま立ち尽くすしかなかった。

夏海と海斗は、気持ちを落ち着かせるために店を出て海辺を歩いていた。

「秋香ちゃんのこと、海斗くんが全部背負ってたんだね」

「彼女を守るために結婚って！　我が弟ながら、ぶっ飛びすぎててびっくりする」

「でも、いいほうのぶっ飛びだよ」

「ならいいけど。あんな宣言しといてなんだけど、やっぱ育て方間違えたかなとか、ちょっと思っちゃってたから」

「そんなことない。ちゃんとまっすぐ育ってるよ。素直だし、優しいし。嬉しかったと思うよ。夏海にあんなふうに言ってもらえて」

「これで少しは、将来のこと真剣に考えてくれたらいいんだけど」

「うん」

「でも、今日の海斗は、今までと違ったな」

「それだけ好きだったのかもね」

「うん。あんな嘘ついてまでさ。好きな子のことを助けたかったんだね。好きって気持ちってすごいんだな」夏海はふと、立ち止まった。「かっこ悪いとこ見られちゃったな」

「え？」

「土下座」

「そんなことないよ」

「でもさ……」夏海はまた歩き出し、早足で健人を抜かす。

「夏海」健人は夏海に呼びかけた。

「ん？」

「かっこよかったよ」

「……ありがとう」

「きっと、俺にはできないから。ああやって誰かを助けるなんて、俺にはできない」

「そんなことないよ。だって、この間も助けてくれたじゃん……これ」

夏海はポケットの中からスマホを取り出して健人に見せた。

「大げさかもしれないけど、あのときほんとに怖かった。知らない街で、時間も道もわかんなくなっちゃって。そんなことあるわけないけど、このまま帰れなかったらどうしようって。だから健人くんが来てくれたとき、ヒーローに見えたよ」

夏海が言うと、健人は何も言わず、ただ立っていた。夏海は少し恥ずかしくなり「よし、じゃあ、私、買い物して帰るから」と、歩き出した。でも健人は動かない。

「健人くん、どうかした？」振り返って、尋ねてみる。

「俺は別にヒーローなんかじゃないよ」

健人は真面目な顔で、夏海に向かって歩みを進めた。

「え？」

「前に東京で言ったでしょ。夏海のことならいくらでも待てるし、どこまでも捜しにいくって。あのとき夏海は、なんで？　って聞いてくれたけど……」

「……うん」

夏海は午後の日差しのまぶしさに目を細めながら、健人を見た。

「好きだからだよ」健人ははっきりと言った。

「好きな人のことなら、いくらでも待てるし、どこまでも捜しにいける」

健人にまっすぐ見つめられて、夏海は胸が高鳴り、息が苦しくなった。

「好きだよ。夏海のことが好き」

見つめ合ったまま、二人ともその場から動けなかった。

Chapter 6

朝、ビーチクリーンで落ち合った愛梨たちに、夏海は昨夜のことを話した。

「いやー告白⁉　健人くんから⁉」

「なっつんに春が来た！　違う。夏が来た！」

理沙も愛梨も大興奮でハイタッチまでしている。

「二人とも盛り上がりすぎ。まだ返事もしてないのに」

「えっなんで。断る理由ないじゃん」

「たしかに。いい人だし」

すっかりくっつける気満々の二人に、夏海は戸惑い気味に言った。

「いい人なのはそうだけど。つきあうってことは好きってことでしょ？　私って健人くんのこと好きなのかな？」

「なっつんって健人くんのこと嫌い？」

「いやいや、嫌いなわけないでしょ」

「じゃあ全然問題ないじゃん！」

「友だちとしてはね。でも育ちとか全然違うし、恋愛はうまくいかないかな」

「何言ってるの。違うからいいんじゃん。うちらだってみんな違うじゃん」

愛梨は自分たち三人を指す。

「みんな一緒だったら一緒にいる意味ないじゃん」

「たしかに。自分にないものを持ってる人に惹かれるって言うよね」理沙も頷く。

「深く考えすぎだよ。とりあえずつきあってみればいいじゃん」

「うん。好きになってもらったことから始まる恋なんていくらでもあるよ」

「違うからいいの？　なんかむずい！」夏海は顔をしかめた。

「まぁとりあえず、恋とか愛とかいったん端に置いといて。なっつんにとって、健人くんがどんな存在なのかって方向で考えてみたら？」

理沙が大人の意見を言う。

「それがなっつんの、この夏の宿題だね」

そう言う愛梨に、夏海は口を尖らせる。

「宿題か……苦手だったんだよなぁ」

食堂の掃除をしていると、匠がやってきた。手に木製の椅子を持っている。

「え？　それ、うちの？」壊れていたので気になっていた椅子だ。

「亮さんに頼まれてたから」

「どこ行ったのかなって思ってたら、匠が直してくれてたんだ。ありがとね。また迷惑かけちゃったよ」

夏海は椅子を受け取り、腰を下ろしてみた。と、いつもお尻のポケットに入れているスマホがないことに気づいた。

「あれ、スマホどこ行ったっけ？」

「ついさっき自分で置いてただろ」

匠が棚の上のスマホを見つけて渡してくれた。

「サンキュ！　またスマホなくしちゃったかと思った」

「また？」

「実は東京でもスマホなくして」

「え、やばいじゃん」

「でしょ？　でも無事に見つかったから」

「へえ。奇跡だな。優しい人がいたんだ」

「えっ」

「誰かが拾ってくれたんだろ？」

「……あ、そうそうそう！」とりあえず、笑ってごまかした。

「なんだよ？」

「なんでもないよ」

夏海が話を切り上げるかのように立ち上がった瞬間、亮が現れてよけいなことを言った。

「健人が必死で捜してくれたんだよな。あ、もう直ったのか」

亮は椅子に気づくと、嬉しそうにしている。

「あんまり頼っちゃダメだよ。匠だって忙しいんだからね」

夏海が亮をたしなめると、匠は夏海の目をしっかりと見て言った。

「俺はいつでも直すけど。今までもそうだったし、これからもなんでも直してやるから」


愛梨が勤務先の美容室でカット前の客にクロスをかけていると、美帆が声をかけてきた。

「愛梨、手が空いたらカラー剤、作っておいて」

「カウンセリング聞いていたので、カルテ見て前回と同じカラー作っておきました」

愛梨はきびきび働き、予約の電話の対応を終えるとテラスに出て、干していたタオルを取りこみ始めた。すると美帆が出てきて、愛梨に声をかけてきた。

「てっきり落ち込んでるかと思ってたのに。嫌なことあったら一か月は引きずるタイプだったじゃん」

「試験に落ちても、人は死なないみたいですよ」

愛梨がフフ、と笑ったとき、店長が呼びにきた。

「愛梨にお客さん。愛梨を指名したいんだって。どうなってんの？」

一体どういうことだろうとフロアに出ていくと、修がいた。無言で立っている修は、どこか照れくさそうに、目を逸らした。


匠は食事をした後も、店に残っていた。匠の隣で、海斗が宿題をやっている。

「ねー匠、ここわかる？　方べきの定理」

「……俺がわかると思うか？」

「思わない」

「じゃあ一人で頑張れ」

「やっぱ匠じゃダメか。健人くんがいればなぁ」

海斗の言葉に、匠は立場がない。

「匠じゃダメか～じゃなくて、そもそも自分でやるものなの」

カウンターで仕込み中の夏海が海斗を叱った。

「あ、健人くん呼んでいい？」

「健人くんは仕事でしょ。宿題なんかのために呼ばないの」

と、そのとき、ドアが開くと同時に亮の声が聞こえてきた。

「お、健人！」

「えっ？」

驚いて目を丸くしている夏海に、健人は保冷バッグを差し出した。

「少し仕事が落ち着いたから。これ、差し入れ」

「えっ。あ……ありがと」

夏海は袋を開けて、中に詰まったアイスを海斗に見せた。

「すげー。アイス屋さんできるじゃん」

「何が好きかわからなくて、ひと通り買ってみた。よかったらみんなで食べて」

ほほ笑む健人を見ながら、亮は「大人買い！」と感心している。

「健人くん、ありがとう！」

無邪気にアイスを選び始めた海斗と亮を観ながら、健人は匠にも声をかけた。

「どうぞ。たくさん買ってきたから」

「俺はいいよ」

匠は断ったが、亮が「遠慮すんなよ。ほら食え！」と、アイスを押し付けてきた。「お父さんが買ったんじゃないのに……」と、海斗が呆れている。

「じゃあ飲み物用意しようかな」

夏海がお湯を沸かそうとすると、健人が「手伝おうか？」と、声をかけた。

「大丈夫。健人くんはゆっくりしてて」

すっかりこの場所に馴染んでいる健人と、彼を平然と受け入れている蒼井家の様子に、匠は気が気でない。外に出て植木の水やりを始めた夏海を追っていき、声をかけた。

「ずいぶん懐いてるんだな、海斗」

店内のカウンター席では、健人が海斗に宿題を教えている。

「……甘えんぼだからね。年上と相性がいいんじゃない？　お兄ちゃん欲しかったって言ってたし。それに海斗はうちらと違って東京に憧れてるから。よけい懐いてんの」

「東京ってそんなにいいかな」

「……便利そうだなとは思ったけどね。住むのはここが一番」

「じゃあやっぱりアイツとは住む世界が違うってことだな」

「そうなのかな」

夏海の返事を聞き、匠はホッとした。でも夏海はさらに続けた。

「でも、新しい世界見てみるのも悪くないかなって……」

「春樹、泳ぐの上手になったね。さすが海の男！」

プール帰りの理沙と息子の春樹が、アイスを片手に笑いながら歩いていると、前から見たことのある若い男が二人、歩いてきた。宗佑の後輩たちだ。

「あれ、今日は二人だけ？　珍しいね」

理沙は何の気なしに尋ねた。

「早川さん、今ちょっと体調崩してて。僕らも仕事でお見舞いに行けてなくて」

「そうなんだ……」

「じゃあ今からお見舞いに行こ！」

春樹が無邪気に言った。

「えっ、今から？」

「困ってる人は助けなきゃいけないんだよ。先生も僕の風邪を治してくれたでしょ？」

「……わかった」


床に伏(ふ)せっていた宗佑は、チャイムの音で体を起こした。玄関のドアを薄く開けると、理沙と春樹が立っていた。思わず一瞬、幻覚かと思ってしまう。

「そこで後輩くんたちに会って、体調悪いって聞いたから」

「お見舞いに来たんだよ」

「春樹が行こう、って言ってくれて」

「そっか。ありがとな」宗佑は春樹に笑いかけた。

「お腹は？　空いてる？」

「いや……何も食べてない」

「じゃあなんか作る。とりあえず、お邪魔してもいい？」

数分後、宗佑は作ってもらった卵入りのうどんを食べていた。

「びっくりした。家にお米がないって、普段何食べてんの？」

「ささみとか。ブロッコリーとか」

宗佑はうどんを食べながら答えた。

「それだけ？　筋肉つけるより栄養が大事でしょ」

「自分のことは無頓着になるんだよ」

「とりあえず冷凍うどん買っといてよかった。春樹のおかげ。春樹は風邪ひいたら、おかゆよりおうどんだもんね」

「そうなんだ……すごく美味しい。春樹くんありがとな」

声をかけると、春樹は複雑な表情で頷いた。

「春樹はおうちでもたくさん手伝ってくれるもんね。将来はコックさんかな」

「違う。僕、お医者さんになる」春樹は強い目で宗佑を見た。「お医者さんになったら、先生には負けないから」

「先生も負けないように頑張る」宗佑も控えめに宣言した。

カットを終えた愛梨は、店先で修を見送っていた。本当にカットするのが自分でいいのか迷っていた愛梨に、修が「俺みたいな研修医と同じ。免許は持ってるけどまだ半人前。それなら、場数こなすしかないだろ」と言ってくれたので、覚悟を決めてハサミを握った。

「ありがとう」

毛先を揃え、こざっぱりとした修にほほ笑みかける。

「別に。ちょうど切りたかっただけだし」

「素直に言ってくれればいいのに。……私がテストで失敗しちゃったから、自信つけてくれようとしたんでしょ？」

「能天気で羨ましいな。でも、何事も楽観的に解釈できるのはある意味才能だよな」

「あれぇ、私、褒められてる？　貶（けな）されてる？」

「いや……一応褒めてる」

「ならよかった！」

愛梨は笑顔で修を見送った。修はポケットに両手を入れて歩き出し、すぐに振り返った。何か言うのかと首をかしげると、修は顎をちょっと突き出すように会釈をして、行ってしまう。愛梨は修のそんな様子が面白くて、思わず笑ってしまった。

「ごめん。春樹、寝ちゃった」

春樹を宗佑のベッドに寝かしつけると、理沙は洗い物をしている宗佑に声をかけた。

「それ、私やるよ」

「大丈夫。理沙の料理で復活したから」

「復活？　早すぎ」理沙は笑ったが、たしかに宗佑はだいぶ回復したようだ。

「あの子たちにも連絡してあげてね。後輩くんたち。心配してたから」

「そうか」

「あのさあ。なんでライフセーバーもやってるの？　どっちも大変な仕事じゃん。医者とライフセーバー。なのに、なんでわざわざ？」

「……少しでも多くの命を守りたくて。医者をやってるとさ、どうしても救えない命ってあるだろ。何年生きれば十分だとか、そんなの数字で決められるわけじゃないとは思ってるけど。でもやっぱり、できるだけ生きてもらいたいって思うんだよな」

真面目な表情でそう言ったかと思うと、宗佑はニッと笑った。

「ライフセーバーの基本って予防なんだよ。溺れた人を助けるだけじゃなくて、そもそも水の事故に遭う人が出ないように活動してて。仮に溺れてしまった人がいたとしても、病院に運ぶ前から適切な対応ができれば救命率が上がるっていうデータもあるし……」

熱っぽく語る宗佑の話を、理沙はほほ笑みながら眺めていた。

「……喋りすぎたな」

宗佑は理沙の様子に気づくと、照れくさそうに話を止めた。

「びっくりした。こんなに熱い人だったんだ」

「ごめん。つい」

「ううん。かっこいいよ。医者になって人の命を救ってるだけでも十分すごいのに、もっと助けたいって思って行動するのって、簡単にできることじゃない」

「……褒めすぎだよ」

「ううん。私なんかの言葉じゃ足りないけど、すごい」

「足りないわけないよ。……理沙の言葉が、一番嬉しい」


週末を別荘で過ごしている健人のもとに、母親の恭子から電話がかかってきた。

『いいかげんにしなさい。また別荘にいるんでしょ？　どういうつもり？』

いつもそうだ。恭子はいきなり切り出してくる。

「心配かけてごめん。でも大丈夫だから」

実際、打ち合わせはオンラインでできているし、仕事も問題なくこなしている。

『心配じゃなくて迷惑なの。早く帰ってきなさい。わざわざそっちで仕事をする意味もないでしょう』

「わかってる」

『これ以上好き勝手して、お父さんを困らせないでね』

恭子がひとしきりまくしたてると、電話は一方的に切れた。


健人は、この日も海斗の宿題を手伝うためにＫｏｈｏｌａ食堂に顔を出した。

「こんにちは」

「あっ！」と、夏海たちは健人を見て声を上げた。そして三人ほぼ同時に「そうめん食べてく？」と、目を輝かせた。

「すごいね。こんな機械初めて見た」

健人はテーブルの上に設置された流しそうめんの機械を見て、感動していた。

「我が家はそうめんと言えばコレだから」夏海が言うと、「流したやつのほうが美味しいよ！」

海斗が健人に勧める。この蒼井家の賑やかさが、健人には心地よい。

「うま！」

「もう普通のには戻れないかもね！」夏海が笑いかけてくる。

「人生で一番、美味しいかも」

「大げさすぎ！」夏海は健人の発言にウケている。

「……不思議だな。水流が味覚に影響する場合があるんだ」

流しそうめんの機械を見ながら呟やいている健人を、三人がじっと見ている。

「何言ってんだよ。健人は面白いな！」亮が豪快に笑い、「さすがに味は一緒だよね？」海斗も笑った。

「まあね。でもたぶん、一人だったらこんなに美味しくないよ」夏海は言った。

「みんなで食べるから美味しいんだよね」海斗の言葉に亮も「だな！」と頷く。

「……そっか。たしかにそうだね」健人も納得した。

「お腹いっぱい食べてね。いっぱい茹でたから」夏海が機械にそうめんを流す。

「ありがとう」

健人がそう言ったとき、匠が入ってきた。

「おっ匠。どうした？」亮が声をかける。

「トウモロコシ。お袋が持っていけって」

「匠、いつもありがとね」夏海は立ち上がり、礼を言って受け取った。

「あ、よかったら匠も昼飯食ってけよ」亮が誘った。

「うん。ここ座って」夏海が匠の席を用意する。

「じゃあ食っていこうかな」腰を下ろした匠に、海斗が「健人くん、流しそうめん初めてなんだって」と、言った。

「へえ。夏海んちは絶対コレだよな」

「匠はちっちゃいときからうち来て一緒に食ってたもんな」亮が言う。「懐かしいなー。昔はしょっちゅう泊まりに来て。おまえら、一緒に風呂も入ってたよな」

「……一応」匠がフッと笑う。

「もう。いつの話、してんの」夏海は照れくさそうに笑った。


「ホント美味しかったよ……家族の食事ってあんなに楽しいんだね」

食事を終えた後、健人は夏海の洗い物を手伝いながら言った。

「え？」夏海は健人を見て「あっ、騒がしかったでしょ」と申し訳なさそうに言った。

「ううん。羨ましかった」

「え？」

「誘ってくれてありがとう」

健人の言葉に夏海が頷いたとき、海斗が「姉ちゃん、行ってきます！」と顔を出した。

「あ、気をつけてね。迷惑かけちゃだめだよ」

「遊びにいくの？」

「うん。友だちの家で星？　流れ星見るんだって」

「あ、ペルセウス座流星群か、今夜だよね」

「やっぱ、よく知ってるね」

「じゃあさ。一緒に見ない？」

「え？　あっいいね。田舎だから星キレイだよ！」夏海もにこやかに笑っていた。

「キレイに見えるといいね」健人は浮き立つような気分だった。


修が病院内を歩いていると、先輩医師に「佐々木先生」と呼び止められた。

「今朝も看護師さんから俺にクレーム入ったんだけど」

「え？」

「患者さんに手術の説明してくれたのはいいけどさ。合併症で死ぬ場合もあるって脅したって本当？」

「脅し？」

修は眉根を寄せた。そんなつもりはまったくない。

「患者さんの不安を煽(あお)るようなこと言わないでくれよ」

「でも実際に起こる可能性はありますよね。事実を知らせるのは医師の義務だと思いますけど」

「それはそうだけど、言い方の問題だろ。もうちょっと他人の気持ち、想像してよ。医療って、知識も大事だけど結局コミュニケーションだから。先生、ちょっと頭でっかちなんじゃないの」

先輩医師は言いたいことだけ言うと、さっさと行ってしまった。取り残された修は、ため息をついた。

守は運送のバイト先で最終日を迎えていた。これからは司法試験に集中するつもりだ。

「寂しくなるよ。みんな山内くんのこと頼りにしてたから」店長が名残惜しそうに言う。

「すみません。本腰入れて、司法試験の勉強したくて」

「へえ。羨ましいな。山内くん、もう二十六だろ？　そんな歳まで夢を追いかけられるなんて贅沢だよ。ご両親に感謝しなよ。じゃあお疲れ」

「はい。お疲れさまでした……」

守の心に、店長に言われた言葉が引っかかった。


帰宅途中、修のスマホにメッセージが届いた。守からだった。

『今日から正式に無職！　祝ってくれ！』

返信せずにスマホをしまい、マンションに入ろうとした修は足を止めた。

「あ、修くん。おかえり」

マンションの入り口に、愛梨が立っていた。

「……何しに来たんだよ」

「この間のお礼。修くんのおかげで、店長にも褒めてもらえたから」

愛梨はありがとう、と言いながら、手にしていた紙袋を修に差し出した。

「重っ！」

受け取った修が中身を覗き込むと、大量の栄養ドリンクが入っていた。

「ちょっと調べてみたら、研修医ってめちゃくちゃ忙しいらしいじゃん。疲れ溜まってるんじゃないかなって」

「こんなに重いの、持ってきたのかよ」

ぶっきらぼうにそう言いつつも、修は愛梨の気づかいに心を打たれていた。

「それ飲んで仕事頑張って。じゃあね！」愛梨は帰っていこうとする。

「おい！」修は慌てて呼び止めた。

「わざわざ来たんだし。お茶ぐらい飲んでいけば？」


修はお茶を淹れ、愛梨に出した。

「ありがと。喉渇いてたから嬉しい」

「あたりまえだろ。いくら夜とはいえ、あんなところに突っ立っていたら喉も渇く……でもまあ、一応感謝してる」

「え、何？」

「よけいなお世話とはいえ、こんなにもらったらお礼ぐらい言わないとバチが当たるだろ」

「……そゆことね」愛梨はお茶を飲み干した。そして、ソファから立ち上がって言った。「お茶ありがと。ごちそうさま。じゃあ帰るね」

「は？　もう帰るのかよ」

「うん。用事済んだし」

「……泊まっ……てけば」修の言葉に、愛梨が驚いて振り返る。「もう遅いし。帰るの大変だろ。途中、なんかあったら危ないし」

「でも迷惑じゃん」

「俺は別にかまわない」

つっけんどんに言いつつも、修は内心でめちゃくちゃ緊張していた。

「やっぱりは修くん優しいね」

「お世辞は要らないから」

こんなとき、修はどう反応すればいいのかわからない。

「お世辞じゃない。ホントにそう思う」

愛梨は、目の泳いでいる修を見て笑った。

「なんだよ」

「あれ、照れてる？　ちょっと口角が上がってる」

「全然照れてないから！」

修はたまらなくなり、愛梨に背を向けた。

二人は二人掛けのソファに並んで腰を下ろした。

「最初はね、正直理解不能だったんだよ。修くんのこと。人の気持ち考えないで思ったこと全部言うし。健人くんたち、なんでこの人と友だちやっているんだろうって思ってた」

「……そうか」

「あ、でも今は違う。そういうところも全部含めて、修くんなんだってわかったから」

「俺？」

「言わなくていいこと言っちゃうのが修くん。でも、マーガレットの花束くれたり、お店にカットに来てくれるのも、修くん」

修は緊張しながらも、愛梨の言葉の続きを待った。

「私さ、今まで彼氏に嘘ばっかりつかれてたんだ。男友だちって言ってたのに女だったし、一途だって言ってたくせに浮気するし」

「とことん男運が悪いんだな」

元カレの話をされて、ちょっと反応に困る。

「だからよけいにかな。修くんのそういう素直なところ、いいと思ったの。不器用だけど、ちゃんと優しい」

「そんなこと言ってくれたの、今まで健人と守だけだった。今まで、だいたいの人に嫌われてきたから。みんな俺から離れていったけど、健人と守だけが一緒にいてくれた」

「二人はちゃんと、修くんのよさを見てくれてるんだね」

「……そうかな」

「そうだよ。でもきっと、修くんのよさは気づける人と気づけない人がいるんだと思う。だって修くんのやさしさって、わかりづらいもん。でも私は気づいたから」

愛梨が大きな瞳で見つめてくる。心臓が爆発しそうなほど鼓動が高まってくる。

「修くんのこと……好きになった」

愛梨はゆっくりと顔を近づけてきた。

「待って」

唇が触れ合う直前で、修は愛梨を制した。

「違う」

「ん、何が？」愛梨はキョトンとしている。

「順番が、違う。こういうのはつきあってデートしてから。俺、ソファで寝るから、おまえはベッド使って」

修はキッチンに駆け込んで、気持ちを落ち着けた。

健人は食堂の外で空を見上げ、夏海を待っていた。

「腕出して」

中から虫よけスプレーを持ってきた夏海が、健人にかけてくれる。次は健人が夏海にシューッとかける。そんな、何気ないやり取りが楽しい。

「見えるといいね。流れ星」夏海が言う。

「うん」

ラムネの瓶とグラスを手に、二人とも満面に笑みを浮かべ、テラスの椅子に腰を下ろした。

「これって、どこを見てたらいいのかわかんないな」夏海が言う。

「どこを見てても大丈夫だよ」

「あ、そうなんだ」

夏海は夢中で夜空を眺めている。

「でも、こっちに来ててよかったな。東京は星、こんなにキレイに見えないからさ」

東京は明るすぎるし、空はこんなにも広くない。

「そっか。暗くていいこともあるんだね」

「だね」健人は頷き、改めて夏海を見つめた。「不思議だなあって」

「え？」

「夏海とはずっと一緒にいても飽きないからさ。なんでかな。ずっと楽しいんだよね」

「なんだろ。あれじゃない？　珍しい生き物見ている感じなんじゃない？」

「そうなのかもしれないね」

二人は声を上げて笑った。

「でも私も」

夏海の言葉に、健人は「え？」と首をかしげた。

「最初はさ。話かみ合わないなあとか、住む世界が違うとか思ってたけど、違うところがあるから、一緒にいて面白いんだなって。今は思ってる」

夏海は星空を見上げた。

「ほら、星はこっちのほうがキレイだけどさ。東京の夜景も負けてなかったし。どっちがいいとかじゃなくて、どっちもいいから。違っていいんだよね」

「そう思ってもらえるなら、幼なじみじゃなくてよかったのかも」

「幼なじみ？」

「嫉妬してたから」

「匠に？」

夏海が驚いたように尋ねてくる。

「やっぱり一緒にいた時間は、どうしたって勝てないから」

健人は正直な気持ちを、口にした。

「でも、このままずっと一緒にいたら、いつかは勝てるのかな……あ！」

「えっ」

健人の声につられて、夏海も弾かれたように空を見上げた。頭上を星が流れていく。

「あ、今見た？　よかったね！　今、上がってってたね！」

「上のほうにぴゅんって」

「ひゅんって」

ぴゅん？　ひゅん？　二人はまた笑い合った。


修はソファで、愛梨はベッドで眠り、朝になった。修は眠れなかったが、愛梨も同じだろうか。起きるタイミングをうかがってじっとしていると、インターホンが鳴った。修は起き上がって玄関に出ていき、愛梨のサンダルを慌てて靴箱に隠す。

「グッモーニン！」

ドアを細く開けると、守が立っていた。

「おまえ昨日、俺のこと無視しただろ。連絡ないから来ちゃっただろ。ちょっと失礼」

守は入ってこようとしたが、修は慌てて立ちはだかった。

「参考書忘れたから取りに来ただけだって。あれがないと勉強できないだろ」

「……わかったわかった。俺が取ってくるから、待ってろよ」

急いでリビングに戻り、本棚を捜したが、結局守は入ってきた。

「あー暑っ！　ちょっとこっちで涼んでいい？」そして、ベッドを見て固まった。

「……守くん」

ベッドの上に上半身を起こしていた愛梨も驚いている。守は無言で、修のほうに振り向いた。


理沙がクリーニング店でアイロンをかけていると、来客を知らせるチャイムが鳴った。

「あ、いらっしゃいませ……」受付に出ていくと、翔平だった。

「話したいことがあって」翔平が言うので、理沙は店の外に出た。

「え、何？」

「俺たち、また夫婦としてやり直さないか？」

翔平は、予想外のことを言った。

「急にどうしたの？」

「この前、公園で春樹を抱っこしたとき、前はあんなに重かったかなって感じて。俺が見てない間にずいぶん成長してたんだなって。仕事にかまけて、二人に寂しい思いさせてごめん。理沙が頑張って春樹のことを育ててきたことはわかってるし、本当に感謝してる。でもこれからは、また二人で力を合わせて春樹を育てていけないかな。俺も春樹の成長をそばで見守りたいし、父親として、いろんなことを教えてあげたい」

翔平の気持ちを聞き、理沙は考え込んだ。

修と守は、二人で愛梨を送り出した。

「あービビッた。人間って驚きすぎると声出なくなるんだな。新発見」

守は苦笑いを浮かべながら、修を見た。

「とうとう童貞卒業したんだろ」

「は？　そんなわけないだろ」

「いや、泊まったってことはそういうことだろ!?」

「一人で帰したら危ないから泊めただけ」

「……だとしても、一緒に寝たらそういう雰囲気にもなるわな」

「一緒に寝てない。俺はソファで寝た」

「じゃあキスだけってこと？」

「してない。だって順番が違うだろ」

修は大真面目だ。

守は一歩前に出て、修の肩にポンと手を置いた。

「おまえ、愛梨ちゃんの気持ち、想像したか？」

「は？」

「え？　修って愛梨ちゃんのこと、なんとも思ってなかった感じ？」

「いや……好きだと思う」ためらいながら言うと、守は「んー」と、目を閉じた。

「俺なんか、間違ったことした？」

「相当間違えてんな」

守に言われ、修はへなへなとソファに座った。


夜、夏海は砂浜で流木に腰を下ろし、月を見上げていた。今日は満月だ。

「夏海」

声をかけられて振り返ると、健人が立っていた。

「Ｋｏｈｏｌａ行ったらここだって聞いたから。隣、座ってもいい？」

夏海がどうぞ、と言うと、健人は隣に腰を下ろした。それからしばらく一緒に波音を聞いていた。健人は今、どんな気持ちなのかな。夏海が横を向くと、健人と目が合った。

「ん？」

「……なんでもない」

二人ともまた空を見上げ、しばらく静かな時間が流れる。

「ここは月もキレイなんだね」

「うん」頷いた夏海は思いつき「あ、そうだ」と立ち上がった。

「ん？」

「これ知ってる？　山崩し」

夏海は砂をかき集めて山を作り、その中心に近くに落ちていた枝を立てた。そして、左右の手をそれぞれ山の外周に沿って動かし、枝を倒さないように砂を削り取った。

「はい。次、健人くんの番。先に倒したほうが負けね」

二人はしゃがんで向かい合い、真剣にゲームを続けた。

「夏海、ありがとね」

「何が？」

「流しそうめんも、山崩しも。夏海は俺にいろんな初めてをくれるから」

「大げさだよ」

「そんなことないよ」と言いながら健人はガッと砂を取った。枝はまだ立っている。

「え……マジ？」

「はい、夏海の番」

「行くよ！」

夏海は慎重にそーっと砂を取ろうとしたけれど、枝は倒れた。

「俺の勝ち！」

「よし、なんにする？　負けたほうがなんでも言うこと聞くルールだから」

「え、そんなのいいよ。可哀想だし」

「だめ！　勝負なんだから」

「……わかった。じゃあちょっと考えさせて。何かなあ」

「思いつくまでもう一回やろ。負けたままじゃ終わりたくないからね」

夏海は砂を集め、山を作り始めた。

「負けず嫌いだね」健人も砂を集めた。と、頂上のところで、夏海の手の上に健人の手が重なった。ドキリとした。でも健人は手を離さない。夏海もそのままでいた。

「思いついた。夏海、この間の返事、教えてほしい」

健人は手を離し、膝立ちになって、夏海を見つめた。

「……ずっと考えてた。健人くんが、私にとってどんな存在なのかなって」

夏海は考えながら、本当の気持ちを伝えた。

「健人くんはあんなに広い東京で、私のこと必死で捜してくれた。へこんでるときに、いつも笑顔にしてくれた。私も……健人くんのこと、笑顔にしたい」

目の前にいる健人を見上げた。「いつのまにか、私の半径三メートル以内に健人くんが入ってたから。健人くんの、一番、近くにいたい。ずっと一緒にいたい」

「ありがとう」健人は穏やかに笑った。「夏海」そして、やさしい目で夏海を見つめる。

「ん？」

「キスしてもいい？」

夏海はなんて言ったらいいのかわからず、小さく頷いた。健人は砂浜に手をつき、もう片方の手でやさしく夏海の肩に触れ、近づいてくる。

二人は月明かりの下で、初めてのキスをした。

Chapter 7

朝、テラスで洗濯物を干していると健人から『おはよう』のメッセージが届いた。

『おはよ！』『これから仕事？』

夏海は画面を見つめながら笑顔で返した。

『うん』

『じゃあ今日も頑張ろう！』

部屋に戻り、掃除を始めた。と、メッセージが届いた。開いてみると、健人からクジラの可愛いスタンプが届いていた。夏海がいつも使っているスタンプだ。夏海はまた笑顔になった。

掃除を済ませ、食堂で仕込みだ。でも忙しく立ち働いているのは夏海だけだ。

「お父さん、手伝ってよ！」夏海は、くつろいでいる亮に声をかけた。

「え、今日は腰の調子がちょっと……」

「昨日、湿布貼ってあげたじゃん！」

そう言いながら海斗を見ると、宿題をやっていたはずが、スマホを眺めている。

「宿題終わったの⁉　もう少しで夏休み終わっちゃうよ。二人ともしっかりしてよ」

声をかけたが、海斗はテヘヘと笑っている。

「夏海はほんと我が家のお母さんだな」

亮に言われ夏海が満更でもない表情になると、電話が鳴った。亮が出て、子機を持って奥に行く。そしてしばらくして戻ってきた。

「なんの電話だった？」夏海は何気なく尋ねた。

「あ、いや」あけっぴろげな性格の亮だが、珍しく歯切れが悪い。

「え、誰から？」

「お母さん……からだった」

予想外の返答に夏海は「えっ」と声を上げた。

「お母さん？　なんで？」海斗も驚いている。

「あ、今度会いにきてもいいかって……夏海と海斗に会いたいんだってよ」

「俺は会いたくない」海斗は言った。

「だって七年も会ってないんだよ。会う必要ないじゃん。俺たちのことなんて、ずっと忘れてたんでしょ？」

母親がいなくなったとき海斗はまだ小学生だった。

「忘れてはないよ」亮は言った。

「忙しくて会いには来られなかったけど、お母さん、たまに連絡くれてたんだよ。夏海と海斗が元気にやってるかって、ずっと気にしていた。黙っててごめんな。お母さんのこと思い出して、逆に寂しい思いさせるんじゃないかと思って」

「そうだったんだ」

「だから、もし海斗たちが良いなら会ってあげてほしい。会いたくないなら俺から断るから」

「会いたくないわけじゃないけど」海斗はうつむいた。

「でもそれって会いたいってことでしょ?」夏海は言った。「本当は会いたいなら、会っといたほうがいいんじゃない」

「うん」夏海の言葉に、海斗は頷いた。

「よし、わかった。二人ともありがとうな」亮は嬉しそうに二人を見た。


クリーニング店の仕事を終えた理沙は、春樹と夕飯の買い物に出ようとしていた。春樹のリクエストで、今夜はカレーだ。

「お母さん、中辛にして」

「え、中辛? 春樹には辛いんじゃない? いつも甘口でしょ」

「いいの。今日から練習する。だってお父さんは中辛だもん」

「……よく覚えてるね」

「こないだ東京で作ってもらったから」

「あ、そっか」

「今度は三人でカレー食べたいね」春樹は三人での生活を夢見ている。

「お父さんと約束しよ。いつ？　夏休み終わったら？」

「……まだわかんないかな」

理沙は、期待に満ちた春樹の目を見るのがつらかった。


数日後、食堂内で開店準備をしていると、ドアが開いた。

「みんな、久しぶり」

立っていたのは母、茜（あかね）だった。ロングヘアにデニム姿。七年前と変わらない茜だが……夏海も海斗もフリーズしてしまい、ポカンと口を開けている。

「元気にしてたか？」まずは亮が口を開いた。

「あ、うん。そっちは？」

「全員めちゃくちゃ元気だよ」と、笑うが、どこかぎこちない。

「よかった。でも、二人とも大きくなったね」茜が夏海たちを見る。

「あ……そうかな？　私はたぶん変わんないけど」

「海斗はとくに大きくなったんじゃない？」茜が言ったが、海斗は目を逸らした。

「ごめんね。ずっと会いに来られなくて」

海斗が何も言わないので、夏海が代わりに返事をした。

「ううん、忙しかったんでしょ」

「……ごめん」

「なんで急に会いに来たの？」海斗が茜に尋ねた。

「もう俺たちには会いたくないんだと思ってた」

「そんなことないよ」

それからまた店内が静まり返った。

「お母さん、しばらくいられるの？」夏海が明るく尋ねてみる。

「できればそうしたいんだけど……いいかな」

「相変わらず狭いけどね」

夏海が笑うと、亮と海斗もぎこちなくほほ笑んだ。


「うそ！　これが匠？　あんなにちっちゃくて泣き虫だったのに」

茜は店にやってきた匠の今の姿を見て声を上げている。

「……昔の話だし」

匠も、あまりに久しぶりな茜の来訪に、どう接すればいいか困っているようだ。

「体もこんなに大きくなって。大工さんなんだって?」

「匠はケンカもすっごく強いんだよ」海斗は言った。もう茜に普通に接している。順応性が高いところはいかにも海斗らしい。

「へえ。昔は夏海とケンカして、いっつも負けて泣いてたのにね」

「それは夏海が強かっただけ」

「おい! まぁそうだけど」夏海がツッコみ、匠と笑い合う。

「相変わらず仲良いね。ホントに結婚するの? 子どもの頃言ってたもんね。大きくなったら結婚するって」

「ないない! 匠はただの幼なじみだし」夏海は即座に否定した。

「姉ちゃんには健人くんがいるもんね」海斗が言う。

「え、夏海、彼氏いるの?」茜は夏海を見た。

「彼氏とかじゃないから」

夏海は照れて、否定した。


茜が一人でテラスに立ち、懐かしい景色を眺めていると、匠がやってきた。

「なんで帰ってきたんだよ。今まで一度も戻ってこなかったのに」

「……親が子どもに会いたいって思う気持ちに、それ以上の理由はないんじゃない?」

茜は言うが、匠は何か腑に落ちない顔をしている。

「だけどびっくりした。お店なんてとっくにやめちゃったのかと思ってたから。夏海がサップもお店もどっちもやってくれてたんでしょ? あの子、頑張り屋さんだもんね」

匠は食堂のほうを見た。夏海がいつものように忙しく立ち働いている。

「あんたのためだろ」匠は感情を抑えきれずに言った。

「あんたと亮さんが二人で始めた大事な店だからって、やめずに続けてきたんだよ。高校に行きながら家のことも、店のことも全部やって」

「……そっか。じゃあ感謝しなきゃね」

そう言うと、二人は店内の夏海を見つめた。


夜は茜がカレーを作り、後片づけは、夏海と茜、二人でやった。

「手際いいね。ちゃんと毎日家事してる人の手つき」茜が夏海に言う。「ごめんね。私がずっといなかったから、夏海にいろいろしてもらっちゃって」

「いいの。好きでやってたし」

「ごめんね……あ、それ、私があげたやつだね」

茜は夏海の胸元を見て言った。

「あ、うん」夏海の胸にはホエールテールのネックレスが光っていた。

「もう捨てちゃったかと思ってた」

「そんなわけないじゃん。毎日つけてたよ」

「ありがとう。嬉しい。夏海は私のこと、怒ってない?」

「……そんなことないよ。またお母さんに会えて嬉しい」

とは言ったものの、夏海は突然帰ってきた茜との距離感をはかりかねていた。


久々に健人が店を訪れると、海斗と一緒に、健人には見慣れぬ女性がいた。

「あ、健人くん!」

「初めまして。夏海の母親です。夏海がお世話になってるみたいで」

ちょうど今、海斗から健人の話を聞いていたのだという。

「いえ、こちらこそ」

健人はどう対応したらいいのか、よくわからない。

「あ、姉ちゃんおかえり!」

海斗が、買い物から帰ってきた夏海に気づいた。

「健人くん……」

夏海は健人に気づいたが、表情が硬い。

「夏海の友だち、素敵そうな人だね」茜が夏海に声をかけた。

「あ……」

どことなく気まずそうな夏海の表情に、健人は言い知れぬ引っかかりを感じていた。

いつものように、健人は店で夏海の洗い物を手伝っていた。

「大丈夫?」

店にいるのは二人きりだったので、健人は尋ねてみた。

「突然お母さんが帰ってきて。びっくりしてるんじゃないかなって」

「……正直、まだ複雑なんだよね。お母さんがうちにいることにまだ慣れてないっていうか。本当は素直に喜んであげたほうがいいのに」

「ずっと会ってなかったし、そう思うのも当然だよ」

健人が言うと、夏海は笑顔を作った。

「これから一緒にいれば大丈夫かな。会ってなくても、やっぱ家族は家族だもんね」

しかし健人は、その元気さがの中にどこか危ういものを感じていた。

病院の廊下で、修はスマホで愛梨とのトーク画面を開き、悩んでいた。

『この前は悪かった』メッセージを打ち、送信しようとしたが、手を止めた。

「先生、何やってんの？　カンファ始まるよ」先輩医師に声をかけられ、修は「あ、はい」と、スマホをしまった。

「教授の前でよけいなこと言わないでよ。とにかく場の空気読んでね」

先輩医師に注意され、修はいつもよりさらに硬い表情を浮かべた。


夜、愛梨は美帆と二人で閉店後の店内を片づけていた。

「そういえば彼氏とはどんな感じ？　あのカットに来てくれた子。この間、家まで差し入れ持ってったんでしょ？　いい雰囲気になったんじゃないの？」

「……順番が違うらしいです」愛梨は口を尖らせた。

「順番？」美帆は一瞬不思議そうにしたものの「よくわかんないけど、きっちりしてそうでいいじゃん」と、言った。

「……そうですかね」

「だって愛梨はそういう人を探してたんでしょ？」

それはそうだけれど……。愛梨は考えてしまう。その後、美帆が先に帰り、愛梨も帰ろうと外に出ると、修が立っていた。

「……修くん。え、どうしたの？」

「仕事終わったから」修は無表情で言う。

「会いにきてくれたってこと？」

「……他にないだろ」

「えー、来るなら一言言ってよ。びっくりした。どしたの。修くん、忙しいんでしょ？」

「かなり忙しい」

「じゃあ無理しなくてよかったのに」

「……顔が見たかったから」

淡々とした口調のまま、ストレートなことを言う。

「あとは……謝罪」

「え、謝罪？」

「この間は申し訳なかった。よくわからないけど……俺が間違えてた」

頭を下げる修を見て、愛梨は思わず笑ってしまった。

「……いいよ、もう気にしてないし」そう言うと、修は顔を上げた。

「すごいじゃん。自分で気づいたの？」

「いや。守に、俺が間違えてるって言われた」

「……あの日のこと、守くんに言ったの？」

「え、うん」

悪びれずに頷く修に、愛梨は顔をしかめた。

「どうしたんだよ？」

「……たとえ守くんに言っちゃったとしても、普通それを私に言わないよ」

「え？」

「ごめん。修くんのこと、やっぱり全然わかんない」愛梨はため息をついた。


夜、夏海は茜と洗濯物をたたんでいた。

「素敵そうな子だよね。昼間来てた……健人くん？」

茜は言うが、夏海は黙っていた。

「ごめん。私にはあんまり聞かれたくないか」

「そんなことないけど」とはいえ進んで話したくもならない。

「でも安心した。家のことばっかりじゃなくて、ちゃんと恋愛する時間もあったみたいで。年頃なのに、彼氏もいないんじゃ可哀想だし」

何を言われても、夏海は茜に心を開くことができずにいた。


「今日の晩御飯、なっつんのお店で食べよっか」

夕方、理沙は春樹に声をかけた。

「夏海ちゃんち？　やった！」

「なっつんのお母さんが帰ってきてるんだって。会いにいこ」

「え、夏海ちゃんってお母さんいたの？」

「そうだよ。別々に暮らしてたんだけど、みんなに会いに来てくれたの。ホント久しぶり。春樹は会うの初めてだもんね」

「……嫌だ」春樹は首を振った。

「えっ？」

「夏海ちゃんにお母さんが戻ってきたのに、僕だけお父さんがいないの嫌だ！」

「……春樹」理沙は春樹の前にしゃがんで目線を合わせた。「そんなことないよ。春樹にはちゃんとお父さんがいるでしょ？」春樹の頭を撫でてやろうと手を伸ばしたとき、店に客が来た。

「あ、いらっしゃいませ」立ち上がって出ていく。

「どうも」ふらりと入ってきたのは、宗佑だ。

「あ、風邪治ったの？」

「おかげさまで。理沙……小椋さんのおかげで」宗佑は言いかけ、春樹が睨んでいることに気づき、言い直した。「これ、看病のお礼」と、持っていた袋を差し出す。

「え？　気使わなくてよかったのに」

「春樹くんと一緒に食べて」

「ありがとう。春樹よかったね」

理沙が笑いかけても、春樹はブスっとしていた。

「あ、こんにちは。今日も家庭教師？」

海斗との約束があって、Ｋｏｈｏｌａ食堂を訪れた健人を出迎えたのは茜だった。

「夏海に会いにくる理由があっていいね」　茜は健人を見てそう軽口を叩くが、表情を変えると
「その前に、ちょっとだけいい？」　と、テラスに出た。

「何かあったんですか？」　健人も後を追う。

「夏海のどこがよかったの？」　茜は切り出した。「あなたみたいな育ちのいい人と夏海じゃ、釣り合ってない気がして」

「そんなことないですよ。僕は、夏海さんからいろんなことを教えてもらいました」

「ならいいけど。別に反対してるわけじゃないから。むしろ夏海の彼氏があなたでよかった」

茜は意味ありげなまなざしで、健人を見た。

「え？」

「実は……私、借金があって。少しでいいから助けてもらえないかな」

「……夏海は知ってるんですか？」　健人はそのことが、気になった。

「夏海には言わないつもり。だって心配かけるだけでしょ。お金を借りたくて戻ってきたのに、貯金もほとんどなさそうだし」　茜の言葉に、なぜだか健人まで傷ついた。

「お願い。なんとかしてくれない？」

「……できません」

健人はきっぱりと言った。

「僕がそうすることを、夏海は望まないと思うので」


その後、夏海たちも店に出てきた。いつも通り、夏海は忙しく立ち働き、亮と海斗、そして茜はのんびりくつろいでいる。と、夏海のスマホが鳴った。

「はーい、どしたの？　春樹？　えっ⁉」

ただ事ではない夏海の様子に、みんなの視線が集まる。

「うん。わかった。すぐ行く！」夏海は電話を切った。

「何かあった？」健人がすぐに尋ねた。

「春樹がいなくなっちゃったって。捜したけど見つからないらしくて。私も行ってくる」

「俺も行くよ」

健人に続いて、海斗も亮も立ち上がった。茜を残し、四人で店を飛び出した。

守は愛梨を訪ね、美容室のテラスで話していた。

「修くんの思考回路、難しすぎだよ。何考えてるのか全然わかんない」

「でもさ、修に悪気はないんだよ。愛梨ちゃんのことを困らせようとして言ったわけじゃないっていうのは、わかってほしくて。まぁアイツが女心わかってなさすぎなのが悪いんだけどね」

「わかってるよ。わかってるけど……あんな純粋？　な人のこと好きになったの初めてだから、わかんないだけ」

「純粋……たしかに」

修を好きになった、と、はっきり言う愛梨の言葉に、守はショックを受けた。とはいえ、二人を応援したいと思っているのも事実だ。

「守くんはすごいね。修くんのこと、ちゃんとわかってて」

「慣れてるだけだって。だから修のことならなんでも聞いて。全部教えるから」

「話聞いてくれてありがと。ちょっとスッキリした」

話がしたいとやってきたのは守だけど、愛梨はお礼を言ってくれた。

「でも守くんすごいね。修くんのためにわざわざ来てくれたんでしょ？　友だちの恋愛のためにそこまでできる人、めったにいないよ」

愛梨に言われ、守は黙り込んだ。

「守くん？」

「あ……修もそうだけど、それよりも愛梨ちゃんの役に立ちたかったから」

「え、私？　なんで？」

「感謝してるから」守は言った。「愛梨ちゃんが本当の俺を見てくれたおかげで、いつまでも現実逃避してる場合じゃないって気づけた」

「本当の？」

「うん。東大卒でもない、司法試験にも落ちまくってる俺を……。ありがとね」守は笑った。「じゃあ俺、帰るね。仕事頑張って！」

「ありがと。守くんも司法試験の勉強、頑張ってね！」

愛梨と守は笑顔で手を振り合った。


「……ということで、愛梨ちゃんはもう怒ってなさそうだったぞ。修に悪気はなかったたって俺からも説明しといたから」

夜、守は修の家に行って昼間のことを報告した。

「……ありがとう」修は安堵の表情を浮かべながら、礼を言う。

「おまえ、素直にありがとうとか言うタイプじゃないだろ。気持ち悪いからやめろ」

「なんでだよ。お礼ぐらい言うだろ」

「俺に言ったことないだろ！」

「それは今までおまえに感謝する機会がなかっただけ……でも今回は感謝してる。助かった」

「まったく、修くんは世話が焼けるなぁ」

守は、恋をしてすっかり変わった修に驚いていた。

「じゃあ、また助けろよ」

「それが人にものを頼むときの態度か！　第一なんで俺がおまえの恋愛を手伝ってんだよ」

「仕方ないだろ。俺はおまえと健人しか相談する相手がいないし、おまえのほうが暇なんだから」

「……たしかにそうだな」

「よろしく」

修はあくまでも高圧的だが、守が知る以前の修と比べると、かなり謙虚になっていた。


春樹を捜して町中を走り回っていた夏海と健人は、商店街で理沙と落ち合った。

「オグねぇ、どうだった？」夏海が尋ねると、理沙は首を横に振った。

「他に春樹くんが行きそうなところある？」健人が尋ねた。

「ごめん。私が目を離したから」仕事着のままの理沙は、憔悴しきっている。

「謝ることじゃないよ。みんなで捜したら絶対見つかるから」

「……ありがとう。私、堤防のほう行ってみる」

「じゃあ私はあっち捜すね！」

夏海は健人と走り出した。

理沙が堤防のあたりを捜していると、宗佑が駆け寄ってきた。

「理沙！　どうだった？」宗佑に尋ねられ、理沙は首を横に振った。

「いそうなところは全部捜したけど」

「どこに行っちゃったんだろうな」

宗佑が問いかけると、理沙は海を見た。理沙の視線を追って、宗佑も海を見る。

「海に入ったってことはないよな」

「うん。絶対に一人で遊んじゃダメっていつも言ってるから……私がちゃんと見てなかったから」

泣きくずれそうな理沙の肩を、宗佑が強く摑む。

「大丈夫。必ず見つかる。とにかくもっと捜そう」

「うん」

宗佑の強い視線に気持ちを立て直そうとしたとき、理沙のスマホが鳴った。

『あ、理沙？』

電話の向こうの声は、翔平だった。

「どうしよう、春樹がいなくなっちゃって」

『春樹ならここにいるけど』

「えっ」

『びっくりしたよ。前にそっちまで電車で連れてったことあっただろ？　覚えてたんだって』

春樹はひとりで電車を乗り継いで東京に行ったようだ。

「……なんで」

『俺に会いたくて来た、とは言ってるけど……しばらくこっちにいたいってさ。とにかく今日はうちに泊めるから。今度の休みに送っていく』

「……ごめん」

『謝るのは俺にじゃなくて春樹にだろ?』翔平の言葉に、理沙は言葉もない。『働きながら一人で子育てして。忙しいのはわかるけど。あんまり寂しい思いさせるなよ』

翔平は電話を切った。

「春樹くん、見つかったって?」

宗佑に問いかけられ、理沙は我に返って頷く。

「……よかった」

「ありがとう」

「みんなに連絡しよう。心配してるだろうから」

「早川さん」理沙は宗佑を見た。

「ん?」

「やっぱり、春樹には父親が必要だよ。だから……早川さんとはもう一緒にいられない」

理沙が言うと、宗佑はしばらく考えていた。

「理沙は本当にそれでいい?」

「……きっと、それが一番いいと思う」

「わかった」

宗佑の視線が痛くて、理沙は目を逸らした。

「……そんな目で見ないでよ」

「なんで?」

「まっすぐすぎて、つらくなる」

理沙は思いを振り切るように「じゃあね」と、その場を後にした。


春樹が見つかったと報告を受け、夏海は安堵の息を漏らした。

「よかった」健人も胸を撫でおろしている。

「一緒に捜してくれてありがとう」

「うん。当然だから」

「じゃあ帰ろっか……あ、そうだ。晩ご飯食べてけば?」

「えっ、いいの? 急にお腹空いてきた」健人が笑う。

「突然すぎ」夏海も笑った。「お母さんも健人くんとご飯食べたいって言ってたしさ」

夏海が言うと、健人の笑顔が固まった。

「どしたの？」

「ううん。俺も手伝うね」

「ありがと。何食べたい？」

「なんでもいい……は、ダメなんだよね？」

「それ一番困るやつ」

「夏海の料理はなんでも美味しいから」

「えー」健人の言葉に照れていると、電話が鳴った。健人のスマホだ。

「あ、ごめん、職場からだ」

「じゃあ先に戻っとくね」

夏海は健人に手を振り、歩き出した。


夏海が店に入っていくと、茜がレジの前に立っていた。

「お母さん？」声をかけると、茜がびくりとして夏海を見た。

「え？　何してたの？」

「……ちょっと借りようと思って」

「え、それ、お店のお金だよ。なんで？」

「ごめん。私、借金あるの」

「借金？」

「そう。だから戻ってきたの」

「お金のためってこと？」夏海が問いかけると、茜はゆっくりと頷いた。

「でも全然貯金もなさそうだし。夏海の彼氏にも断られちゃったし」

「健人くん？」夏海はさらなる衝撃を受けた。

「うん。そんなことしたって、夏海が喜ばないからだって。だからもう行くね。安心して。もう二度と帰ってこないから」

お金を盗ろうとしたこと。もう二度と帰ってこないと言ったこと……。夏海は混乱していたが、どうにか気持ちを立て直し、茜に近づいていった。

「何？」身構える茜のそばで、夏海はレジを開けて紙幣の入った封筒を取り出した。

「今はこれだけしかないから」夏海は茜に封筒を差し出した。「海斗とお父さんには、お母さんが帰ってきた理由、絶対に言わないで」

「うん」

茜は封筒を受け取り、バッグに入れた。

「お母さんは、やっぱり私たちのこと要らなかった？」

「え？」

「必要だから戻ってきてくれたんだって、そう思ってたのに」

夏海の質問に、茜は答えなかった。

「ごめんね」たった一言だけ言い、店を出ていった。


店に向かって歩いていた健人は、出てきた茜と出くわした。茜は大きな荷物を持っている。

「どうしたんですか？」

「……夏海のことよろしくね」

「え？」

茜は早足で去っていった。


店に入ると、夏海がぼんやりと立っていた。

「夏海」何があったのだろうと尋ねようとしたとき、亮と海斗が帰ってきた。

「夏海！　春樹見つかってよかったな」亮が嬉しそうに言う。

「東京行ってたんでしょ？　春樹すご」海斗は感心している。

「あれ、お母さんは？」

「買い物？」

二人が尋ねたが夏海は黙っていた。

「姉ちゃん、どうしたの？」

「……お母さん、急に帰らなきゃいけなくなったんだって」夏海が重い口を開いた。

「……もう帰っちゃったの?」

「うん。直接お別れできなくてごめんねって」夏海はそう言うと、気持ちを切り替えたように笑顔を作り「じゃあ晩ご飯作るね!」と、カウンターに入っていった。


翌朝、健人がKohola食堂にやってくると、夏海がサップボードを片づけていた。

「おはよ。今日も暑いね」夏海はいつもと変わらぬ調子で言う。

「夏海、今夜空いてる?」健人は尋ねた。「ちょっと……二人で話したくて」


愛梨がテラスで休憩していると、美帆が呼びに来た。

「愛梨、お客さんだよ」声をかけられて顔を上げると、美帆の後ろに修がいた。

「……修くん」

「じゃあ、ごゆっくり!」美帆は気を利かせ、さっと姿を消した。

「この間は悪かった」修は愛梨の目を見て言った。「次からはもう、守によけいなこと言わないようにするから」

「いいよ、言っても」愛梨はしばらく考えてから、言った。「だって修くん、守くんと健人くんしか相談する人いないでしょ?」

そう言われ、修は黙り込んでしまった。愛梨は明るい口調で続けた。

「でもこれからはまず私に聞けば？　私とのことなんだから、私に聞けばいいじゃん」

「……わかった」

「それに私も悪かったから。だって修くんの気持ちも大事じゃん。守くんと喋って反省したんだよね。順番を大事にしたいっていう修くんの気持ち、無視しちゃったかなって」

「……いや、大丈夫」

「だから教えてよ。修くんが、どんな順番がいいのか……私も知りたいから」

愛梨が言うと、修はしばらくじっと考えていた。そしておもむろに顔を上げた。

「俺と、つきあってほしい」

まるで一世一代のプロポーズのように、ガチガチに緊張している。

「びっくりした。こんなにちゃんとした告白されたの、人生で初めてかも」

「は？　彼氏いたんじゃないのかよ」

「いたけど、こんな人はいなかったもん」愛梨はおかしくなって笑った。

「……こんな人ってなんだよ！」修は照れながら、文句を言っていた。

仕事帰り、愛梨は待っていてくれた修と並んで道を歩いた。

「……ね、手つないでもいい？」

修を見ると、こわばった表情を浮かべている。

「順番合ってる？」愛梨は笑いながら尋ねた。

「……合ってる」

「よかった」また笑うと、修が愛梨の手を取った。

「……これでいいのかよ」

「うん。いい！」

愛梨は満面の笑みを浮かべ、修と手をつないで歩いた。


理沙はクリーニング店でアイロンをかけていた。春樹が東京へ行ってしまってから、ずっと気持ちがふさいでいる。チャイムが鳴ったので出ていくと、宗佑が立っていた。

「……いらっしゃいませ」

「……お願いします」宗佑は預かり票を出した。

「お待ちください」理沙は服を取りにいき「お待たせしました。どうぞ」と渡した。

「どうも」

「ありがとうございました」二人とも、淡々とやりとりをした。

「こちらこそ」宗佑は帰っていった。遠ざかる広い背中を、理沙は無言で見送っていた。

夕飯の時間、匠はＫｏｈｏｌａ食堂に入っていった。

「おう匠、飯か？」カウンター内から亮が声をかけてくる。「座ってろ。今日は俺が料理長だから」

「え、夏海は？」

「今日はいないよ。健人くんの別荘に行った」

海斗の言葉に、匠の心はざわついた。


「ここ、俺の仕事部屋」健人は、夏海を書斎に招き入れた。

「へー、すごっ。この部屋で仕事できちゃうってこと？」

夏海は、リビングのように広々とした書斎を見回した。

「簡単な仕事ならね」

「本もいっぱいあるね」本棚には建築の専門書や洋書が並んでいる。

「いつの間にか増えちゃって」

「漫画は置いてない？」

「今はないけど、次は置いとく」

「マジ？　いえーい」夏海は喜びの声を上げた。「こんな分厚い本読めるの、すごっ。表紙見るだけで眠くなってきた……あっ」

夏海は古びた本を見つけ、本棚から取り出した。児童向けの海洋生物の図鑑だ。

「……これ」

夏海は表紙をじっと見ていた。

「小さい頃に誕生日プレゼントで買ってもらってさ。子どもっぽくて恥ずかしいけど、どうしても捨てられなくて」

「健人くん。私も同じの持ってる。見てて」

夏海は本を両手で持ち、しばらく触れていた。そしてパッと中身を見ずにページを開いた。そこはクジラのページだった。

「ここだけ何回も読んだから、一発で開けられんの」

「……すごい」健人は本気で驚いている。

「久しぶりだけど成功した！　健人くんもできるんじゃない？」

「俺はできないよ。中身を全部覚えてるぐらいかな」

「は？　そっちのほうが全然すごいから」夏海は、しみじみと「不思議だね」と、言った。

「ん？」

「今はこんなに違うのに、子どもの頃は同じ本読んでたんだ」

「……そうだね」

夏海は愛おしそうにページをめくり、健人はそんな夏海を見ていた。

「ごめんね」

夏海は図鑑を閉じ、健人を見た。

「え?」

「お母さんのこと、ちゃんと謝りたくて」

「謝らなくていいよ」健人はやさしい。

「ううん。健人くんを巻き込んじゃってホントにごめん。私の家族の問題なのに」

夏海は心から申し訳ない思いだった。でも健人は黙っている。

「でもびっくりしたでしょ?」

「え?」

「健人くんちのお母さんとは、全然違ったんじゃない?」

問いかけると、また健人は黙った。健人はあまり家族の話をしない。

「私、お母さんに必要とされてなかったのかなって思ってたんだよね。七年間、一度も会わずに済むぐらいだから、私たちのこと要らないんだろうなって。だから、お母さんが戻ってきてくれて、ちょっとだけ期待しちゃった。やっぱりお母さんは、私たちのことを必要だと思ってくれてたんだって」

夏海は母への気持ちを口にし、「でも結局は違ったみたいだけどね」と、寂しげに笑った。

「……夏海」健人が夏海の顔をじっと見つめている。

「ん？　どしたの？」

「俺の前では、無理に笑わなくていいよ」

健人の口から発された意外な言葉に、夏海は胸を突かれた。

「弱いところ見せてもいい。ちゃんと俺が支えるから」

「大丈夫だって……大丈夫に決まってるじゃん」

夏海は、自分に言い聞かせるように言ってみる。

「大丈夫じゃなくていいと思う。強がってばかりじゃつらいから」

「……お母さんのこと。嫌いになれたら楽だけど。やっぱり好きでいたいんだよね。でも無理に笑ってるわけじゃないよ」

「え？」

「だって泣いたって何も変わらないじゃん。だから、つらいときこそ笑うって決めたの」

「そんなことないよ。泣きたいときは泣いていいと思う」

「……なんで？」夏海は健人を見上げた。

「泣いてみたら、わかるかも」

健人は夏海をぎゅっと抱きしめた。

「こうしたら誰にも見えないから」

「泣いてないから」夏海は必死で強がった。でも、声が震えてしまう。鼻の奥がツンとして、涙が溢れてしまう……。

「うん」

健人が夏海の頭をやさしく撫でてくれて……夏海の涙は止まらなかった。

Chapter 8

「そろそろ夏も終わりだなぁ」

亮はしみじみ店のカレンダーを見ていた。

「お店もちょっと落ち着いてきたもんね」

夏海も夏が終わりゆくのを実感していた。

「俺はずっと夏休みがいいのに」

相変わらずな海斗に、夏海はすかさずツッコむ。

「宿題終わってないからでしょ」

「それが……全部終わりました！　健人くんのおかげ。今度会ったらお礼しなきゃ」

「だな。健人、次はいつ来れるんだ？」亮が夏海に尋ねた。

「仕事忙しいんだって」

「じゃあお礼は健人の仕事が落ち着いてからだな」張り切る亮に、夏海たちも頷いた。

健人はチームのメンバーとの会議を終えたところだった。

「今日からですよね？　新しい人が来るって言ってたの」

「水島さんの同期の方なんですよね」

「うん。アメリカに転勤してたんだけど、先週戻ってきて」

「へえ、すごいですね。どんな感じの人なんですか？」

「え？　どんな？」健人が言葉を探していると、ドアが開き、女性が入ってきた。まさに今、説明しようとしていた安藤皐月だ。背すじをのばし、颯爽と歩いてくる。

「健人！」

健人を見つけると両腕を広げ、ハグしてきた皐月を、健人は穏やかに受け止めて言った。

「皐月。久しぶりだね」

「久しぶり。また健人と一緒に働けるなんて嬉しい。よろしくね」


「春樹のこと、本当に大変だったね」

お昼時、食堂にランチを食べに来た愛梨は、一緒に来た理沙に声をかけた。

「でもとにかく無事でよかった」

カウンター内で作業をしていた夏海も声をかける。

「……春樹に申し訳なくてさ」そう言う理沙は、心なしかいつもより元気がない。

「でもオグねぇは必死になって捜してたじゃん。春樹もそれはちゃんとわかってると思うよ」

夏海が言うと、愛梨も「うん、私もそう思う」と、強く頷く。

「とりあえずご飯食べて元気だそ。暗い顔しない！　春樹も心配するよ」

夏海たちに励まされ、理沙は「ありがとう」と笑った。

「で、なっつんは健人くんとどんな感じ？」

愛梨が話題を変えてきた。


「え？　とくに変わりないよ」

「あれ？　つきあってはいるんだっけ？」理沙が夏海を見る。

「つきあおう、とはっきり言ったことはないけど……」

「言わずに始まるパターンかな」愛梨が言う。

「そんなのもあるの？」

「次会ったら聞いてみれば？」

「そんなこと聞いてもいいのかな。あーやっぱ恋愛って難しい！」

夏海が天井を仰いだとき、匠が入ってきた。

「おう。飯食いにきた」

「四人揃うとなんか昔みたいだね」夏海はカウンターに並ぶ三人を見て言った。

「放課後とかよく集まってたよね」愛梨も楽しそうにみんなの顔を見た。

「昔話好きだな」匠は呆れたように笑っている。

「あれ覚えてる？　高一のとき、なっつんと匠が二人で廊下に立たされてた話」

「懐かし！　数学の宿題忘れてさ。廊下に立ってろ！　って言われたんだよね」

夏海も思い出す。

「なっつんは家のこととか大変だったんだから仕方ないのにね」理沙が夏海を見て言い、匠に視線を移す。「で、匠はただのサボりだったの？」

「え、違うでしょ」愛梨は即座に否定した。「あれ、わざとだったじゃん」

「わざと？」

「そう。わざと宿題忘れたふりして、一緒に廊下に立ってあげてたんじゃん」

「え！　そうなの？　まじ？」夏海が匠に確認すると、気まずそうに頷いた。

「なんでそんなことしたの？」

「……一人で立ってたら寂しいだろ」

「へえー」愛梨はニヤニヤしながら匠を見た。

「匠はなんだかんだ昔から優しいからな」理沙も笑う。

「なっつんには特別みたいなとこあるよね？」

「たしかに！　うちらも幼なじみなのに！」

「切なっ！」

二人が話すのを聞きながら、夏海が匠を見ると、目が合った。

「あ、そろそろ春樹帰ってくる時間だ」

「じゃあ私も行こっかな」愛梨も修と約束があると、立ち上がる。

匠と二人きりになり、なんとなく照れくさかった。

修の部屋には守が来ていた。自分のアパートにはエアコンがないので、修の部屋で勉強することになったのだ。感謝する守に、修は「体壊されたら困るから」と言った。

「俺の体のことまで気にしてくれてんの？」

「あたりまえだろ。患者が増えたら医者は忙しくなるんだから」

「……なるほど！」

「それにお互いさまだろ。その分、家事やってもらってるし」

「サンキュ。みんな応援してくれてるから、すっげえやる気出る。愛梨ちゃんもだし、実家の親にバイトやめた報告したら、ばあちゃんがお金貸してくれたんだよ。返さなくてもいいって言われたけど、絶対に返したいじゃん」

「だから頑張ってんのか」

「おう。いつか絶対、倍にして返す。てか修、これからデートだろ？　さっさと行けよ」

「言われなくても行く。ちゃんと休憩も取れよ」修は守にそう言い残して、家を出た。

夏海は匠のグラスにラムネを注いだ。匠はグラスをじっと見ている。

「ん？　どうしたの？」

「いや、さっき愛梨たちが昔話してただろ」

「え？」

「泳いでるなと思って」匠はグラスの中のクジラを見つめて言った。

「あー。だよね」夏海が頷いたとき、海斗が店に顔を出した。

「姉ちゃん、今日友だちと花火行ってきてもいい？」

「いいけど、あんまり遅くなっちゃだめだよ」

「オッケー。じゃあ行ってきます！」

出ていく海斗を見送り、夏海は「匠は今年花火した？」と尋ねた。

「あ……してない」

「私も。前もしそこねちゃったし」健人たちと出会った頃、一緒にやる約束だったのにできなかったことを思い出す。「昔はよく一緒にやってたよね」

「だな。じゃあそろそろ行くわ」匠はなぜかそわそわと立ち上がり、「ごちそうさま」と言って出ていった。

店を出た匠は、スマホを取り出して佳奈の連絡先を呼び出した。しばらく画面を見つめ、迷った挙げ句、思い切って発信ボタンを押した。

『もしもし』佳奈はすぐに出た。

「……先生、今から会えませんか？　話したいことがあって」

愛梨は修の横で、上機嫌で歩いていた。

「あー今日は最高！」

「何がだよ」修が尋ねてくる。

「え、だってすっごい可愛いサンダル買えたじゃん」

「でも最初はカバン欲しいって言ってただろ。なんでサンダル買ってんだよ」

「……欲しかったから？」

「カバンはどこ行ったんだよ」

「いいじゃん！　カバンより欲しいサンダルに出会っちゃったんだから。ひとめ見て運命感じたの。もう買うしかないなって」

「それを衝動買いって言うんだぞ」

「でも第一印象って大事じゃん。見た瞬間、これだ！　って思ったから」

「そういうものなのか」

「あ、でも例外もあるよ」

「え？」

「だって修くんの第一印象、こいつのこと嫌い！　だったもん」

そう言われてしまうと、何も言えない。

「でも今は好きだから」

さらにそんなことを言われ、よけいに何も言えなくなってしまった。

「よし！　夜ご飯はなっつんちに食べにいこ！」

愛梨は黙っている修を置いて、歩き出した。

「え？　あいつの店行くのかよ」修は急いで愛梨を追いかけた。


匠が海を眺めながら待っていると、佳奈がやってきた。

「ごめん、遅くなっちゃった」

「すみません、急に呼んじゃって」

「大丈夫。久しぶりだね。元気にしてた？」

「はい」小さく頷く匠を、佳奈がじっと見ている。匠は切り出した。

「先生、前に言いましたよね。俺が本当に好きなのは、先生じゃなくて夏海じゃないかって」

「……そういえば、そんなこと言ったね」

「そのことが頭から離れなくて、ずっと考えてました」

「そっか」佳奈は口元に笑みを浮かべながら頷いた。二人の間に、沈黙が流れる。

「先生」匠は佳奈の目をまっすぐ見つめた。「俺、夏海のことが好きです。先生のおかげで気づきました」

そしてまたしばらく、二人とも黙った。佳奈がふっと笑って、口を開く。

「牧野くん、気づくの遅すぎだよ。私からしたら、どう見ても最初からそうだったのに」

「すみません。でも、先生が俺にとって特別だったのは本当です。俺がクラスの奴殴って停学になったとき、誰も俺の話を聞いてくれなかったけど、先生だけは違いました。先生だけが、俺のことを信じてくれた」

「当然だよ」

「え？」

「だって牧野くんが理由もなく誰かを傷つけるような子には、私は絶対思えなかったから。蒼井さんがお母さんのことで何か言われてたの、かばってあげたんだよね。それを聞いて、やっぱり牧野くんのこと信じてよかったなって思った」

佳奈は、黙り込んでしまった匠の顔を覗き込んだ。そしていつものいたずらっぽい表情で「牧野くん」と、覗き込んでくる。

「はい」

「そのときからもう蒼井さんのことが好きだったんじゃない？　もしかしたら、それよりもずっと前から」

佳奈に言われ、匠は考えてみた。「牧野くんは、自分で好きって気持ちに気づく前からずっと蒼井さんの近くにいたんだね」

「すみませんでした。俺、本当に子どもで」

「ううん。私もごめんね。困ったときに、つい牧野くんに頼っちゃって。牧野くんの優しさに甘えちゃった」

「……いえ」

「ありがとね」

佳奈が礼を言ったが、匠はどうして感謝されたのかわからず、思わず聞き返した。

「え？」

「今日、私を呼んでくれて。牧野くんの気持ち、ちゃんと聞けてよかった」

「……すみません」

「さっきから何回謝ってんの？」佳奈はケラケラと笑っている。「そんなにへこまないで。誰かを好きになったり、大事に思うのって普通のことなんだから」

佳奈の言葉に、ハッとする。

「牧野くんは失敗しちゃったって思ってるかもしれないけど、そんなことないよ」

「え？」

「だって人生って、いっぱい失敗して、いっぱい反省しながら前に進んでいくものでしょ？」

「学校の先生みたいですね」匠も、なんとか笑うことができた。

「当然だよ。学校の先生だもん。私と牧野くんはずっと先生と生徒の関係のままだからね」

「はい」匠は頷いた。


愛梨と修はＫｏｈｏｌａ食堂のカウンターに並んで座っていた。

「デート帰りか。いいな」亮が料理を運んできた。夏海は今、サップのレッスンに行っているらしい。

「修くん、今日のデート楽しかった？」

「デート？　ただの買い物だろ？」

「は？　あ、わかった。照れ隠しね」

「照れ隠し？　何がだよ」

「え、もしかして本気で言ってんの⁉」

愛梨は信じられない思いだったが、修はきょとんとしている。

「あのさ修くん。つきあってる同士が一緒に買い物することがデートじゃなかったら、一体、何がデートなの？」

「……たしかに。これがデートだったのか」修はようやく納得したようだ。

「わかればよろしい。そういえば守くん元気？　修くんちにいるんでしょ？」

「ちょっと心配だけどな。守はペース配分が下手だから」

どうやら守は頑張りすぎて、最近夜中までずっと勉強しているらしい。

「息抜きも大事だよね。たまにはみんな誘って遊ぶ？　勉強中なのに誘うのも悪いか」

「あっ」修は声を上げ、愛梨を見た。

「ちょっと頼みがある」


健人は就業時間後もオフィスに残り、仕事をしていた。と、スマホがメッセージを着信した。修からだ。珍しいなと思って開くと『今度の日曜日空けといて』とある。ほほ笑ましくなって、健人はふっと表情を緩めた。


閉店後、夏海が片づけをしていると匠がふらりとやってきた。たまにはビールでも飲もうかと、二人でテラスに出た。

「あの後、何してたの？」夏海は尋ねた。

「……昼寝」

「昼寝？　こんな時間まで？　そんなに寝たら夜眠れないじゃん」

「全然眠れるけどな」

「まぁたしかに匠はいつでも寝るもんね」

「うん」

匠が頷いたところで会話が一瞬途切れると、波の音だけが聞こえてくる。

「……なんか静かだな」

「もう夏も終わるからかな。お店も落ち着いてきたんだよね。早く来年の夏が来ないかな」

「それは早すぎだろ」

「そんなことないよ。私、夏の次が夏でも全然いいもん」

「夏海は夏大好きだもんな」

「まあね。だから今ぐらいの時季って、毎年絶対切ない。あー夏終わんないでよー！　みたいな」

「だけど、まだもうちょっと残ってるだろ。夏」

「だね」夏海は笑いながら思い出した。「あ、そうだ！　匠、今度の日曜日ヒマ？」

日曜日、修と守はＫｏｈｏｌａ食堂に向かっていた。

「へえ。先生の店、また壊れたんだ」

「この間おまえが修理したとこだってよ」

「俺のせいじゃん。じゃあ気合入れて直すか」

「あっ守くん。修くんも」食堂の近くまで来たところで、愛梨が待っていた。「ごめんね。勉強大変なのに」

愛梨に導かれ、三人で店の中に入っていくと、薄暗い。

「あれ、電気も壊れてんの？」守が言ったとき、夏海がパッと照明を点けた。

「守くん、誕生日おめでとーー！」

愛梨が言い、夏海、健人、理沙、春樹、そして修が守に向けてクラッカーを鳴らす。

「え、何⁉」守はみんなの顔を見回している。

「誕生日サプライズ！」愛梨が告げた。

「マジで！　うわーありがとーー！」

「守くん、おめでとう」夏海が言い、みんなも口々に祝福の言葉をかけ、プレゼントを渡した。

「全然気づかなかった」守は両手にプレゼントを抱えたまま目を丸くしている。「みんな本当にありがとう！」

夏海が食事を並べ、パーティが始まった。

「守の誕生日会なんて久しぶりだね」健人が守と修を見た。

「え、前もやってたの？」夏海が尋ねた。

「昔は三人でよくやってたよね」

そんな三人を見て、愛梨は前から思っていた疑問を口にした。

「ね、みんなはなんで仲良くなったの？」

「最初はただ席が近かったっていうだけだよな」守が健人を見る。

「うん。それでよく喋るようになって、いつの間にか仲良くなってた」

「俺たち三人とも全然キャラ違うでしょ。だから逆に居心地よかったっていうか」

「違うからいいってやつね」理沙が言う。

「俺だけ成績悪くて、別の大学行ったのに二人だけは変わらず仲良くしてくれたよな」

「友だちでいるのに、成績とか大学なんて関係ないからな」修が守に言った。

「おー、修くんがそんなこと言うなんて」理沙は驚き顔で修を見た。

「二人には感謝してる」

「守だって、俺を助けてくれたじゃん」健人は言った。「俺も高校の頃、進路のことでけっこう悩んでて。本当は他の学部に行きたかったのに、どうしても親に言い出せなかったんだよね。結局、親の言うとおりに受験したけど、本当にそれでいいのかなって思ってた。このままずっと自分に嘘をついたまま生きることになる気がして。でもあのとき、守と修がそうじゃないって言ってくれたから」

「なんか照れるな」守は苦笑いを浮かべた。

「うん。人に言われて決めたとしても、それも自分の選択だって励ましてくれた」

「そんなこともあったかな」修も当時を思い出している。

「今は建築の仕事をしててよかったなって思えることもあるし。二人のおかげだよ」

「そっか。なんかあれだね。みんなお互いの心の隙間？　みたいなの、埋めてあげてたんだね」

夏海は言った。

「……たしかにそうかもな」修が頷く。

「さすが先生。お見通しじゃん」

守が言ったところにドアが開き、匠が顔を出した。

「あ、匠！」夏海は笑顔で迎え「何飲む？」と、飲み物を用意しにいった。健人が匠を見ると、視線が合った。


「てか前から思ってたんだけど、これ可愛いよね」守はクジラのグラスを褒めた。

「Ｋｏｈｏｌａのオリジナルグッズなんだよね」理沙が言う。

「あ、そうだったんだ」健人は言った。

「なんでクジラなんだよ」修が尋ねると、守が「先生がクジラ好きだからだろ？」と言った。

「クジラは好きだけど、考えたのは私じゃないんだ」

「匠のアイデアなんだよね」愛梨が言う。

「え？」健人は思わず匠を見た。

「うん。クジラは水の中でしか生きられないから、グラスの中に入れてあげようって、匠が言ってくれたの」

「意外とロマンチックなこと言うんだな」守は匠を見たが、匠は無言で水を飲んでいる。

「あ、照れてる」理沙が匠を冷やかした。

「匠のおかげで、うちの店にはいっぱいクジラが泳いでます！」

グラスを持って笑う夏海と照れる匠の様子を見て、健人は胸の奥がちくりと痛んだ。


パーティが終わり、みんなで片づけを始めた。健人は夏海の洗い物を手伝った。

「今日はありがとう。お店、守のために貸切にしてくれて」

「ううん。サプライズうまくいってよかったね。それに健人くんの昔の話も聞けてよかった。まだ健人くんのこと、知らないことだらけだね」

「俺もまだ夏海のこと知らないことだらけだよ」

「これから知ればいいいんじゃない？」

「そうだね。じゃあ好きな食べ物は？」

「え、まずそこ⁉」

二人が笑い合っていると「すみません、遅れました！」と、宗佑が入ってきた。

「早川さん！　待ってました」愛梨が声を上げる。

「え、誘ってたんだ」理沙は戸惑っていた。

「後輩くんたちにたまたま会ったときね」

「すみません。午前の診察が長引いちゃって。でもなんとか間に合ってよかった」宗佑は守に近づいていき「誕生日おめでとう」と、プレゼントを渡した。

「ありがとうございます……重っ！　何これ」守は宗佑を見た。

「おすすめのプロテインです。筋トレの前後にぜひ」

宗佑は満足げな表情を浮かべ、理沙を見た。

「そうだ。今日は春樹くんは？」

「え？　そこで遊んでるけど」理沙は、テラスで海斗と遊んでいる春樹を指した。

宗佑がテラスに出ていくと、春樹は怪訝な表情を浮かべた。

「先生、何しに来たの？」

「実は春樹くんにプレゼントがあって」

「え、プレゼント？」様子を見に来た理沙が顔を上げた。

「でも僕、今日誕生日じゃないよ」春樹が言う。

「だね。だけど先生、どうしても渡したかったんだよ。はい、これ」宗佑は春樹の首に聴診器をかけた。

「あ、これ、お医者さんの？」

「うん。お医者さんの」

「すごい！　かっこいい！」

「いつか春樹くんがお医者さんになったら、一緒に働こうな」

宗佑が言うと春樹は嬉しそうに頷き、理沙に聴診器を見せた。

「お母さん、見て」

「すごいじゃん。先生にお礼言って」

「先生ありがとう」

「どういたしまして」

「僕、先生みたいなお医者さんになるね」

「あれ、ライバルじゃなかったの？」理沙は尋ねた。

「うん、ライバルだよ！」

「前もそう言ってたもんな」宗佑も意外そうに春樹を見る。

「でも友だちだよ。ライバルだけど、友だち」

「ありがとう」宗佑は春樹の頭を撫でた。


「愛梨ちゃん、今日はありがとね」守は帰り道、愛梨に言った。「今日のパーティ、愛梨ちゃんが言い出してくれたんでしょ。さっき修から聞いた」

守に言われ、愛梨は修を見た。修は素知らぬ顔をしている。

「違うよ。私じゃなくて、修くんが最初にやりたいって言ったんだよ」

「修が？」

「うん。毎日勉強、頑張ってるから、ちょっとぐらい息抜きさせてあげたいって」

愛梨は守から修に視線を移した。

「修くん、隠さなくてもよかったのに」

「……修！　次の修の誕生日は俺が盛大に祝うからな。まかせろ！」

守は修にぎゅっと抱きついた。

「やめろよ、そういうの苦手なんだよ」

守にしつこくされながら逃げている修を、愛梨は笑いながら見ていた。


匠はテラスのテーブルを直していた。

「ごめんね、急に。さっき運んだときに足がグラグラしててさ」夏海は申し訳なさそうに言った。

「大丈夫。すぐ直るから」

「ありがと」礼を言って店内に戻ると、健人が飾りつけをはずしていた。「ごめんね。あとはもう大丈夫だよ。今日は東京に帰るんだっけ？」

「うん。明日早く出社しなくちゃいけなくて」

「そっか。じゃあ、またしばらくは会えないね」

「……でも電話していい？　会えなくても、夏海の声が聞きたいから」

「うん。私も健人くんの声聞きたい。また東京も行きたいな」

「じゃあ、おいでよ。案内するから」

「本当？　行きたいとこ考えとく！」

二人が約束を交わしたところに、家のほうから「姉ちゃん」という海斗の声が聞こえてきた。

「残りやっとくね」健人が言うと、夏海は家に引き上げていった。

「俺も手伝うよ」テラスにいた匠が中に入ってきて、健人の作業を手伝う。

「……どうもありがとう」

「おう」

健人と匠は背中を向け合い、二人で黙々と飾りつけをはずした。

「夏海のあんなに幸せそうな顔、久しぶりに見た気がする」匠がポツリと呟いた。

「え？」健人は振り返った。

「あいつ、いつも笑ってるけどたまに寂しそうだったから。さっき、夏海が笑ってるのを見て。

あんたの前では素直に笑えるのかもな」

匠の言葉は、健人にとって意外だった。健人は幼なじみの匠を羨ましく思っていたのだから。

「ごめん。続きやるね」夏海が戻ってきた。

「あ、今終わったとこ。手伝ってくれたから」健人は匠を見た。

「マジ？　ありがと」

「……おう」匠がぶっきらぼうに言ったところに、健人のスマホが鳴った。皐月からだ。

「あ、ちょっとごめん」

健人は店の外に出て電話を取った。

「あ、もしもし。えっ？」


理沙は宗佑と歩いていた。春樹は宗佑の背中で眠っている。

「そういえば前もこんなことあったね。早川さんに春樹をおんぶしてもらって、一緒に帰ったの」

「そうだな」宗佑はかすかにほほ笑む。

「春樹へのプレゼント。本当にありがとう。前に春樹が言ってたこと、ちゃんと覚えててくれてたんだね」

「春樹くんの夢、叶うといいな」

「お医者さんか。いつか本当に早川さんと一緒に働くことになるかもね。もしそうなったら春樹にいろんなこと、いっぱい教えてあげてね。よろしく」

「理沙」

それまでほほ笑んでいた宗佑が、真面目な顔で理沙を見た。

「ん?」問い返したが、宗佑はしばらく何も言わずに歩いた。そして、口を開いた。

「俺が春樹くんの父親になれる可能性もあるのかな」

問いかけられ、理沙は何も言えなくなった。

「医者じゃなく父親として、春樹くんにいろんなことを教えてあげられる未来が」

宗佑の目はまっすぐに、理沙を射抜いた。


愛梨と別れ、修と守は二人で駅までの道を歩いていた。

「今日は楽しかったなー」

「少しは息抜きになったか?」

「なったなった。これでまた明日から頑張れる」

「はいはい。よかったな」

「修もな」守は言うが、修は意味がわからず「え?」と、言った。

「愛梨ちゃんと会えてよかったな。幸せそうにしやがって」

「は? いつも通りだろ」

「俺の目をごまかせると思うなよ! ずっと顔ゆるんでたぞ。なんなら今も」

「……ゆるんでない」修は確かめるように顔を触った。

「全部、俺のナイスアシストのおかげだよな」

「まあな」素直に認めると、今度は守が「え?」と驚いている。

「たしかに、おまえのおかげだから、感謝してる」

「恋ってすげえな！　修がこんなに丸くなるんだから」守は修をまじまじと見ていた。


電話をしていた健人が戻ってきた。と思ったら、同僚の女性が一緒だった。健人はその女性を夏海に紹介した。

「え?　健人くんの同級生なんですか?」

「そう。大学で同じゼミだったの。今は会社の同期」皐月は言う。

「でも突然ごめんね。用事があって近くまで来て、ついでに仕事のことで健人に相談したいこともあって。せっかくお友だちと過ごしてたのに邪魔しちゃったね」

「え?」健人は反射的に声を上げた。

「二人は健人の友だちでしょ?」皐月は、夏海と匠を見た。夏海が健人を見ると、目が合った。

健人が何か言おうとしたとき、スマホが鳴った。

「あ、ごめん、電話」健人は電話に出ながらその場を離れた。

「もしかして、あなたが健人の彼女?」皐月が夏海に尋ねてくる。「ただの勘だけど。けっこう当たるんだよね。健人とつきあってるんだね」

「いや……つきあってるとかそういうわけじゃ」夏海はもごもごと言った。

「まぁいいや。どっちにしろ会えてよかった。会ってみたいなって思ってたから」

皐月はとてもハキハキ、サバサバしている。いかにも仕事がデキる女性という雰囲気で、夏海の周りにはいないタイプだ。

「皐月、ちょっといい？　この間提出した書類に不備があったらしくて。今すぐ修正して送ることになった」健人が戻ってきて言う。

「じゃあ私、パソコン持ってるから一緒にやろう。二人でやればすぐ終わるから」

「……ごめん」

「あ、じゃあ、このままうち使ってください」夏海は申し出た。「急ぎなんだよね？　今から場所変えるの大変でしょ」

「いいの？　そうさせてもらえると助かる」皐月が言う。

「はい。今日はちょうど貸切なんで」

「ありがとう」健人に言われ、夏海は「ううん」と首を振った。

「じゃあ、あっちでやろう」皐月は健人と夕陽の差すテラス席へ移動した。

健人たちの作業は長引き、終わった頃にはあたりはすっかり暗くなっていた。

「夏海、本当にありがとう」健人が帰り際に礼を言う。

「大丈夫だった？」

「ひとまず今はね。残りは会社に戻ってからかな」

「え、今から？　大変だね」

「でも夏海のおかげで助かったよ」

「いや、私は何にもしてないから。じゃあ気をつけてね」

「うん。仕事落ち着いたら連絡するね」

「わかった」

「電話するから」

「うん、待ってるね」

二人が見つめ合っていると、皐月がドアから顔を出した。

「……健人、そろそろ行こ」

「あ、うん」健人は皐月と帰っていった。


数日後の夜、夏海は閉店後の店に一人でいた。亮は寄り合いに出かけていき、のんびり片づけをしながらふとスマホを取り出し、健人とのメッセージ画面を開いた。でも、新しいメッセージは来ていない。そこにドアが開き、匠が入ってきた。

「匠か。びっくりした」夏海はスマホを置いた。「もう店閉めちゃったよ。どうしたの？」

「なんとなく」

「なんとなく?」

「……花火買ってきたんだけど。この間、今年はまだしてないって言ってただろ」

　健人は連日、残業続きだった。

「今日も遅くなっちゃったね」一緒に残っていた皐月が声をかけてきた。

「皐月は先に帰ってもよかったのに」

「同期で同じチームなんだから運命共同体でしょ。最後までつきあう」と言いながら、皐月は立ち上がって伸びをした。「でもさすがに眠い。コーヒー買ってくるね」

　廊下に出ていく皐月を見送り、健人は仕事の手を止めて、夏海とのメッセージ画面を開いた。

　夏海は匠と、テラスで線香花火をしていた。

「線香花火ってなんでこんなに切ないんだろ。普通の花火と違って、静かだからかな」

　夏海はパチパチと光る花火を見ていた。

「……そうかもな」

「ちょっと寂しいけど好き」線香花火を見ていた夏海は「去年も一緒にやったよね」と、匠を見た。「一昨年も、その前の年も。いつも匠が誘ってくれて、夏の終わりにこうやって一緒に花火してた」

夏海の言葉を、匠は黙って聞いていた。

「匠」

「ん？」

「匠が私を花火に誘ってくれるようになったの、お母さんがいなくなってからだよね。お母さんが出ていったのも、今みたいに夏が終わる頃だったから。私が思い出して寂しくならないように、隣にいてくれたんだね……匠はすごいよ」

「え？」

「こういうこと自然とやっちゃうんだから。自然すぎて、気づかなかったよ……ありがとね」

匠は何も言わなかった。夏海も黙った。二人ともしばらく花火を見つめていた。

「……連絡、来てないんだろ？」匠は沈黙を破り、口を開いた。

「えっ？　あ……健人くんから？……うん」と、夏海が頷く。

「夏海からかけてみれば？　待ってても、来ないんだったら」

「いいよ。仕事中だったら悪いし」

「声聞きたいんじゃないのかよ」

「そりゃ聞きたいけどさ。迷惑かけたくないじゃん」

「あんまり我慢ばっかりすんなよ。夏海は今までずっと、みんなのために我慢してきたんだから」

匠の言葉に、夏海は胸を打たれていた。

「ありがとう」

「うん」匠が頷いたとき、夏海の電話が鳴った。健人からだ。

「早く出てあげろよ」匠は立ち上がり、食堂のほうに戻っていった。

「……もしもし」夏海は電話に出た。

『あ……夏海。今、大丈夫？』

「あ、うん。大丈夫」

『ごめんね。電話するって言ってたのに、遅くなっちゃって』

「ううん。健人くん、こんな時間まで仕事だったの？」

『実はまだ終わってなくて』

「え、無理しないでね」

『大丈夫だよ。今、元気出たから』

「え？」

『夏海と電話できたから、元気になった』

「じゃあ私も元気になった……健人くんの声が聞けたから」

ぱあっと花が咲いたような笑顔になる夏海を、匠は食堂の中から見守っていた。

「そう言ってもらえて嬉しいよ。俺も、夏海の声が聞けてよかった」

健人は表情を緩ませた。仕事で張りつめていた気持ちがほどけていく。
コーヒーを手に戻ってきた皐月がそんな健人を見つめていた。

Chapter 9

朝、夏海と亮が開店準備をしていると、制服姿の海斗がバタバタ出てきた。

「やばい。遅刻しちゃう！」

「気をつけてよ！」夏海が声をかけると「行ってきます！」と、出ていった。

「海斗も今日から新学期かぁ」亮は海斗を見送りながら言った。

「夏休み終わったし、お店も落ち着きそうだね」九月になると、客足はがたんと減る。

「じゃあ今度は夏海の番だな」

「ん？　何が？」

「夏休み」

「え！」

「サップの予約もしばらく入ってないって言ってただろ？　だったらその間、お店は俺に任せてくれ」亮は言った。「普段、夏海が頑張ってくれてるおかげでこの店が回ってるだろ。なのに全然恩返しできてないからさ」

「ありがと。じゃあせっかくだし大掃除でもしよっかな」

「おい！　休みに働いてどうすんだ！」

「だって何していいかわかんないし」

「掃除も俺がやっとくから。どこかパーッと遊びにいってこい！」

そう言われても思いつかない。夏海はどこに行こうかと考え込んだ。


リビングでお茶を飲みながらスマホを見ていると、匠がやってきた。

「あ、匠。どしたの？」

「これ、お裾分けだって」

「あ、かぼちゃ！　いつもありがと。おばちゃんにもお礼言っといてね」

夏海はキッチンに麦茶を用意しにいく。

「珍しいよな。こんな時間に夏海が家でゆっくりしてるの」

「あ、今夏休み中だから。お店も落ち着いてるし、休みもらったの」

「へえ、よかったじゃん」

「お父さんのおかげ」

「夏海がずっと頑張ってたから」

「え？　いや普通だよ？」

「頑張ってたよ」

「ありがと。でもちょっと寂しいけどね。私が休めるってことは、もう本格的に夏が終わるってことだから。八月のカレンダー破いたとき、切なかった……」

「夏休み、何すんの？」

「それを今悩んでて。いざ休んでいい！って言われると、何していいかわかんなくなるっていうか。だから今もスマホで調べてた」

「マジ？」

「普段できないこととか、前からやってみたかったことをするのがいいんだって」

「そんなこと調べなくても、好きに過ごしていいのに」匠は笑った。

「えー好きに過ごすって難しいよ」

「……休むのが下手な人もいるんだな」匠は半分呆れながら感心している。

「どうしよっかなー……あ！　ライブでも行こっかな？　最近いいなって思ってるバンドがあるんだよね。この間テレビで流れてて」スマホで日程を検索してみる。

「いいじゃん。行ってきたら？」

「あ、チケット売り切れてる……」ソールドアウトの画面を、匠に見せた。

「ホントだ」

「まぁいいや。愛梨も泊まりにくるし、一緒にゴロゴロしよっかな」

結局、それしか思い浮かばなかった。

健人は会議を終え、机の上を片づけていた。

「ねえ聞いてもいい？　健人って休日何してるの？」皐月が声をかけてくる。

「休日？　読書したり、散歩したりかな」

「ふーん。夏海ちゃんと出かければいいのに。ご飯とか、遊びにいくとか」

「夏海はお店があるし、忙しいから」

「あ、そっか。遠出は難しいんだ」

「そうだね」

「今日の仕事終わったら、一緒にご飯でもいく？」

「えっ」不意をつかれ、戸惑いの声を上げてしまった。皐月とご飯を食べるぐらい、仕事の延長としておかしくないのだが、改めて誘われると、素直に頷けなかった。

「冗談冗談！　さて仕事しよっと」皐月は笑いながら仕事に戻っていった。

夏海はお風呂から上がり、部屋に戻った。今日は愛梨が泊まりに来ている。

「……あ、なっつん戻ってきたから切るね。うん、じゃあね。おやすみ」

電話を切った愛梨は、大きなため息をついた。

「え、電話の相手、修くんでしょ？」

「……まあね」

「あんまり嬉しそうじゃないね。なんかあったの？」

「いや、修くんからの電話がさ。毎晩かかってくるんだよね」

「へえ意外。でもちゃんと電話くれて優しいじゃん」

「普通はそうなんだろうけどさ……。私の今までの彼氏って、どっちかというと連絡来なくて困るほうだったじゃん」

「あ、たしかに。愛梨が待ってる側だったもんね」

「でも修くんは逆だから、なんか違和感。最近は一日に何度もかかってくるし」

「愛梨と話せて嬉しいんじゃない？」夏海は言ってみたが、愛梨は浮かない表情だ。

「その気持ちは嬉しいけど。こっちのパターン慣れてないからなぁ……」


修が電話を切ったタイミングで、守が部屋に入ってきた。

「お、また愛梨ちゃんと電話か？」

「え？　うん」

「大丈夫？　そんなに毎日電話して、愛梨ちゃんが困ってないか心配だよ」

「……だけどつきあってたら、普通、毎日話すんじゃないの？」

「それってけっこう個人差あると思うぞ。この間の『順番』と同じだよ。愛梨ちゃんも同じ考えとは限らないってこと。とくに修は初めての彼女で浮かれてるだろうけど、愛梨ちゃんはそうじゃないだろ？」

「……別に浮かれてないけど」

「仮に浮かれてないとしても。修はもっとちゃんと慎重に……」

「わかってる。でも俺はちゃんと基本ルールを守ってるから大丈夫」

「え？」

「守が言ったんだろ。基本ルールは、自分の気持ちを正直に伝えることだって」

「たしかに、それは大事だな。でも時と場合によるからな。恋愛って一筋縄ではいかないことのほうが多いし」

「大丈夫。俺はちゃんと、守に言われた通りやってるから」

修は断言したが、守はまだ何か言いたそうな顔をしていた。


Kohola食堂にランチを食べにきていた匠は、スマホを取り出して、夏海が調べていたライブのページを開いた。

「え、それ行くの？　匠、ライブとか好きだったっけ？」海斗がのぞき込んでくる。

「いや、友だちが行きたいって言ってたから……でもチケット売り切れてて」

「ほかにも売ってるとこあるんじゃない？」

「調べてたんだけど、まだ見つかんなくて」

「じゃあ健人くんに聞いてみる？　健人くん、なんでも知ってるから。とりあえず聞いてみよ」

海斗がスマホを取り出し、電話をかけようとした。だが、匠がそれを制止した。

「いや。俺が連絡するから、番号教えて」

「え、マジ？　できんの？」海斗は失礼なことを言う。

「……電話ぐらいできるよ」匠は憮然としながら言い、電話番号を教えてもらった。

健人が会社の廊下を歩いていると、スマホが鳴った。

『……もしもし』

「あ、匠くん？」

『……さっき、海斗から番号聞いて』匠はいかにも電話が苦手そうだ。

「うん、海斗くんから連絡あったよ。でも、どうかした？」

『実はちょっと頼みがあるんだけど……』匠は遠慮がちに、切り出した。

帰宅した修は愛梨に電話をかけた。

『……どうしたの？　何かあった？』愛梨が電話に出る。

「とくにないんだけど……声が聞きたかったから」

『それだけ？』愛梨は大きなため息をついた。

「どうしたの？」

『いや、ごめん。修くんには最初から正直に言ったほうがよかったね。あんまり連絡多すぎるの、私は困るんだよね。またスタイリストの試験があるって言ったでしょ？　私、次は絶対合格したいから』

今も、本を読んで勉強していたところだ。

『だから、しばらく連絡控えよう。修くんも仕事忙しいでしょ？』

「……わかった」

『うん。仕事頑張ってね』

切れてしまったスマホを見つめていると、守が入ってきた。

「どうしたんだよ？　何かあったのか？」

「……なんでもない」

「なら、いいけど」守は不思議そうに修を見ていた。

仕事を終えた健人は、誰もいないオフィスでスマホを取り出し、匠から届いたリンクをタップした。

「意外。健人、そういうイベント興味あるんだ」背後から皐月に声をかけられた。

「夏海が行きたいらしくて。でももう売り切れちゃってたんだよね」

「そうなんだ。じゃあ私の友だちにもあたってみようか？　ライブとか大好きでよく行ってる子がいるから。何か知ってるかも。すぐ連絡してみるね」

「助かる」

「ううん、だって夏海ちゃんにはこないだ私もお世話になったし」

仕事の早い皐月は、さっそくスマホを取り出し、友だちに連絡を取った。


やることがなくてゴロゴロしながら漫画を読んでいると、亮が呼びに来た。

「おい夏海！　電話。夏海に代わってだって」

一体、誰だろうと、店に出ていき、電話を取る。

『もしもし夏海ちゃん？　安藤です……あ、ごめん。皐月！』

「あ、皐月さんですか」

『この間はどうもありがとね。健人が忙しそうだし、早く知らせたくて夏海ちゃんに直接電話しちゃった』

「どうしたんですか？」

『夏海ちゃんが行きたがってたライブのチケット、取れたから！』

「チケット!? え!?」夏海にはまったく話が見えない。

『あれ? 行きたかったんでしょ?』

「あ……行きたかったんですけど。なんで皐月さんが知ってるんですか?」

『ん? 私は健人から聞いて』

「え、健人くん?」

『で、健人は匠くんから頼まれたって言ってたけど』

「え、匠!?」

『そう。で、友だちに頼んだら四枚取ってくれたから。せっかくだしみんなで行こ。じゃあ匠くんにも伝えといてね!』

皐月は弾んだ声で電話を切った。夏海は訳がわからず、首をかしげていた。


理沙は春樹を連れてKohola食堂に来ていた。翔平も一緒だ。

「今日は珍しく三人なんだな」亮が声をかけてくる。

「うん、さっきまで公園で遊んでたんだけど、春樹がKoholaでお昼食べたいって」

「久しぶりに来られてよかったよ」翔平も言う。

「東京で元気にやってんのか?」亮が翔平に問いかけた。

「あ、はい。おかげさまで」

と、そこにドアが開いた。

「お、いらっしゃい」

亮の声で、理沙も何気なく振り返ると、宗佑が後輩二人を連れて立っていた。

「お、今日は三人揃ってんだな」亮がさっきと同じようなことを言う。

「はい。そういえば、ちゃんと食べにきたことなかったので、後輩たちと一緒に」

「あれ、そういえばどこかで……」翔平が宗佑を見て呟いたとき、春樹が「早川先生！」

と、宗佑に駆け寄った。「今日はお父さんもいるんだよ」

「そっか。それはよかったね」宗佑は言い、翔平に「お久しぶりです」と、頭を下げた。

「あ、思い出した。春樹の小児科の先生ですよね。いつも春樹がお世話になってます」

「ねえ先生、僕たちと一緒に食べようよ。僕、お医者さんのお話聞きたい！」

「春樹、病院の先生とすごく仲良しなんだな」翔平が言う。

「うん。だって僕にお医者さんの道具プレゼントしてくれたから」

「……へえ。そうだったんだ？」翔平は理沙を見た。

「あ、うん」

「どうもありがとうございます」翔平は宗佑に視線を移す。

「いえ」宗佑が短く言葉を返すと、沈黙が流れた。

「ね、一緒に食べよ」春樹はなおも声をかけたが、宗佑は優しく笑うと言った。

「春樹くん、今日はせっかく家族三人で来てるんだから、先生とはまた今度一緒に話そうな」

宗佑は後輩たちを連れてテラス席に出た。


夏海は匠とライブ会場への道を歩いていた。

「匠と東京来るの、すっごい久しぶりじゃない？　何年前だっけ？　たしか愛梨の誕生日にさ、みんなでプレゼント買いにいって。匠が迷子になって大変だった」

「迷子にはなってないよ。俺がプレゼント見てたら、夏海たちが勝手にどっか行ってただけ」

昔の話を思い出して笑っていたが、夏海は改めて匠を見た。

「でも今日はありがとう。ライブのチケット。匠が健人くんたちに頼んでくれたんでしょ？　皐月さんから聞いてびっくりした。匠がわざわざ連絡してくれたんだなって」

「……俺も行ってみたかっただけだから」

「そうなんだ」

「それにたまには自分の好きなこととして、楽しんでもらいたかったし」

匠は不器用だけど、やっぱりやさしい。夏海は感謝の思いでいっぱいだ。

「ありがと。すっごい楽しみ」

修は病院の廊下で愛梨にもらった栄養ドリンクを飲みながら、スマホを取り出した。愛梨とのメッセージ画面を開いてみたが、ここ数日はやりとりをしていない。

「佐々木先生、午後のカンファ始まるよ」先輩医師が歩いてきた。

「あ……すみません。すぐ行きます」

「先生、なんとなくだけど、最近仕事に集中できてないんじゃない？　しっかりしてね。このまだと他の研修医に追い抜かれちゃうよ」

先輩医師はそれだけ言い、忙しそうに去っていった。


宗佑はメニューを見て「どれにしようかな」と、考えていた。

「……早川さん、大丈夫ですか？」後輩の一人が、心配そうに声をかけてくる。

「何が？」

「さっきの……小椋さんの旦那さんです」

「僕らには気まずい感じに見えましたけど」

やはり二人は、宗佑と翔平、そして理沙の間の微妙な空気を感じていたようだ。

「……何言ってんだ。大丈夫だよ」宗佑は言った。

「別に気にする必要ないですよ」

「え？」

「だって小椋さんは独身だし」

「たしかに。好きになったって問題ないですよね」

二人は熱い表情で、宗佑を励ました。


春樹は三人で食事をして、心から楽しそうだった。

「お父さん、今日は僕の家にお泊まりすれば？」

「春樹、お父さんは明日お仕事だから、帰らなきゃいけないんだよ」理沙が慌てて言う。

「ごめんな。お父さんもお泊まりしたかったんだけど」

「……そっか。わかった」春樹は顔を曇らせた。

「また今度な」

「うん！」

「ただいまー」そこに海斗が帰ってきた。

「あ、海斗おかえり」理沙は声をかけた。

「こんにちは。あ、春樹、ゲームの続きしよ」海斗は春樹に声をかけた。

「海斗くん、いつも春樹と遊んでくれてるんだって？」翔平が言う。

「ていうか、春樹が俺と遊んでくれてる感じです」

先日の守の誕生日パーティのときも、海斗は春樹とずっと遊んでいた。

「じゃあ春樹、行こ！」海斗は春樹を連れて、家のほうに行ってしまった。

「本当の兄弟みたいだな」翔平は二人の後ろ姿を見送りながら言った。

「春樹の遊び相手になってくれて、感謝してる」理沙も頷く。

「じゃあ、さっきの彼らも？」

「え？」

「ただの小児科の先生にしては、春樹、ずいぶん懐いてたから」

「……うん。この辺でよく会うから、たまたま仲良くなっただけ。あの後輩くんたちも、いつも春樹と一緒に遊んでくれるから」

「本当にそれだけ？」

「え？」

「それ以上の気持ちは、理沙の中にはない？」翔平は探るように理沙を見た。

「……何言ってんの」

「理沙は昔から我慢強いから。何か思ってることがあっても、いつも自分の胸にしまってただろ」

翔平に言われ、理沙は返す言葉が見つからない。

「俺がそうさせてたんだよな。そんな優しさに甘えて、理沙の本当の気持ちに向き合うことから逃げてた。その結果が、今だから。だから今度はちゃんと、理沙の気持ちを聞きたい」

翔平がまっすぐに、理沙を見つめてくる。

「私は、早川さんのこと好きなんだと思う」

理沙は正直な気持ちを口にした。

「……そうか」

「でも、この気持ちは言わない。今の私は何よりも、春樹の母親だから。この気持ちは、胸にしまっとく」

それは、理沙が自分で決めたことだった。


夏海たちは、健人と皐月と合流した。

「立ち見の席なんだけど。ごめんね」皐月が声をかけてくる。

「いえ。観られるだけで幸せです！　ありがとうございます」

「私も。バンドのライブなんて久しぶり。楽しみ」

「前はよく行ってたんですか？」

「うん。夏海ちゃんってライブとかけっこう好きそうだね」

「大好きなんですけど、いつも仕事で行けたことないんで。すっごい楽しみです！」

「そうなんだ。健人もこういうの初めてだもんね」

「え、そうなの？」夏海は健人を見た。

「うん。だから楽しみだな」

「だね！」二人は久々に笑い合った。

ステージ袖から、待っていたバンドが登場した。夏海のボルテージは一気に上がったが、目の前が背の高い人で、視界がふさがっている。夏海が背伸びをしている様子を見て、健人は声をかけた。

「こっちのほうが見やすいよ」夏海の腕を引いて、自分の隣の空間に入れる。

「あ、ありがと」ようやくステージが見えて、夏海は嬉しそうだ。

「まだ夏は終わってません！」ボーカルが言うと、夏海は腕を頭上に突き上げてイエーイと叫んだ。

「皆さん、恋してますか！」

「イエーイ」観客たちがいっせいに叫ぶ。

「今、誰かに恋してる人ー！」

ボーカルの呼びかけに、健人は思わず夏海を見た。夏海もちょうど健人を見ていて、目が合った。二人はもみくちゃの中で、笑い合う。

演奏が始まった。恋の歌だ。歌詞を聴いていた健人は、夏海に声をかけた。

「俺と夏海の曲みたいだね」

「えっ、何？」

周りの音にかき消されて聞こえないようなので、健人は笑顔で返した。夏海も笑顔になり、またすぐにステージを見上げる。楽しそうな横顔を見て、健人も幸せな気持ちになった。

ライブが終わり、健人と匠は夏海たちがトイレから戻ってくるのを待っていた。なんとなく気まずくて、どちらも黙っていた。

「……ありがとう」匠が声をかけてくる。

「え？」

「チケット、用意してくれて」

「俺も皐月に頼んだだけだから」

「ごめん、お待たせ」皐月が戻ってきた。「二人で何話してたの？」

「え？　別に」匠がそっけなく言い、

「なんでもないよ」健人は穏やかに言った。

「そっか。じゃあご飯いこ」

「やった！　さっきからお腹空いてて」夏海が嬉しそうに声を上げた。

四人でレストランに入り、夏海は改めてみんなに頭を下げた。

「今日は本当にありがとうございました。みんなのおかげで観られたライブだから。匠も、健人くんも、皐月さんも。ありがとうございます」

「こんなに改めてお礼言われると、ちょっと照れるね」皐月が笑う。

「あ、すみません」

「ううん、どういたしまして……夏海ちゃんってホントにいい子だね。この間急にお邪魔しちゃったときも親切にしてくれたし」

「あ、いえ！　別に」

「健人よかったね。素敵な人見つけて」

「あ……うん、そうだね」健人は照れながらも、素直に頷いた。

「でも、これからが大変だよね」

「え？」

健人と夏海は同時にそう言うと、皐月の顔を見た。

「ほら、恋愛って始まるときは二人なのに、いつの間にか二人だけのものじゃなくなるでしょ。最初はただお互いが好きっていうだけで、なんの問題もないのに、だんだん考えることが増えてくるし」

「考えること？」夏海は尋ねた。

「そう。たとえば親が認めてくれるかどうかとか？」

「親……」

「うん。いくら好きだとしても、親が受け入れてくれない相手とは、最終的には上手くいかないよね」

思い当たる節がありすぎて、健人たちは黙った。

「それは関係ないんじゃないですか?」

口を開いたのは、匠だ。

「お互いに好きだったら、周りの意見なんて気にしなくていいと思うけど」

「私もそう思いたいけど。現実はそうじゃないことも多いって、周り見てて感じるんだよね。健人の家はとくにそうでしょ?」

「えっ」

「違う?」

「あ……」

健人は二の句が継げずにいる。夏海は何も言わない健人を見て、胸が痛くなった。匠はそんな夏海を見ているのがつらかった。


四人は店を出て駅に向かった。

「また夏海ちゃんのお店にも行っていい?」皐月が別れ際に言う。

「もちろんです! お待ちしてます。健人くんもありがとう」

「ううん。今日は楽しかった」

「私も。すっごい楽しかった」

健人も夏海も、お互いにもっと話したいのに、口に出せない。

「そろそろ行かないと」匠は夏海を急かした。

「えっ」

「亮さんと海斗にお土産買いにいくって言ってただろ?」

「そうなんだ。それならあんまり引き留めちゃダメだね」皐月が言い、

「すみません。じゃあ帰ります」夏海も仕方なく、頷いた。「健人くんも。バイバイ」

「……バイバイ」健人は夏海を引き留めたい気持ちを抑え、二人を見送った。

「私たちもどこか行く?」皐月が声をかけてきた。「ちょっと散歩したいし。行こ!」


二人は当てもなく、歩き出した。

「ごめんね。夏海ちゃんの前で、健人の家の話しちゃって。だけど、健人は夏海ちゃんとのこと、どう思ってるの?」

「え?」

「夏海ちゃんとの将来のこと、本気で考えたりしてみた?」

健人は黙った。両親のことは、なるべく考えないようにしていた。その話題には触れてほしくない。

「……ごめん。よけいなお世話だね」

「いや」

「でもハッキリしないと取られちゃうよ」

「えっ」

「健人、気づいてるでしょ？　匠くんが、夏海ちゃんのこと好きだってこと」


夏海たちは駅のお土産ショップをのぞいていた。

「お父さんと海斗に、お土産いっぱい買わなきゃ。何がいいかなー」

元気に振る舞っているが、どこかぎこちない。

「夏海。さっき皐月さんが言ってたことなら、気にしなくていいと思う」

匠は、元気のない夏海を見るのがつらい。

「好きな人と一緒にいるのに、親とか周りなんて関係ないし。ホントに好きなら、それだけでずっと一緒にいられると思うから。だから、あんまり考えすぎんなよ」

「うん……ありがと」

夏海は笑ったが、やはりいつもとは様子が違った。


「ただいま」

修が仕事から家に帰ると、守が出迎えてくれた。

「毎日遅くまで大変だな。とりあえず飯は作っといたけど」

「……先に風呂にする」

「修？　なんかあった？」

「いや。とくに」

「そっか。じゃあ風呂入っといで」まるで、夫婦のようなやりとりだ。風呂から上がると、守がテーブルに食事を並べていた。

「お、ナイスタイミング！　今日も旨そうだろ」

「前より品数増えたよな」

「なんか俺、どんどん料理上手くなってる気がするわ。司法試験やめて料理人目指そうかな？

冗談だけど」

「……いただきます」修は皮肉やツッコミを返す余裕もない。

「仕方ない。俺が聞いてやるよ」守は言った。「何かあったんだろ？　俺には全部お見通しだから」

「……何もない」

「修、おまえは俺と健人しか相談相手がいないんだろ。強がってないで今、俺に話しとけって。また職場で怒られたか？　あ、愛梨ちゃんとケンカした？」

「怒られてもないし、ケンカもしてない」

「じゃあなんだよ」

「……ただ、今の俺は本来の俺じゃない」

「え？」

「俺、やっぱり恋愛なんて必要なかったのかもしれない……恋愛なんてしなくても、今まで俺の人生は問題なく回ってた。恋愛はなくて困るものじゃなかったし、むしろ始まってからのほうがうまくいかないことも増えた」

修は考えていたことを、口にした。「一度、距離を置いたほうがいいんじゃないかと思ってる……恋愛ってやっぱり。一筋縄ではいかないんだな」

「修、冷静になれって」黙って聞いていた守が口を開いた。

「え？」

「たしかにそうは言ったけど。そんな大事なこと、修の自己完結で終わっていい話じゃないだろ？」

「それはわかってるけど」

「じゃあいったん、ちゃんと考えろ」

「わかった」

「ほら、今日は飯食ってさっさと寝ろ！」

「読みたい論文がある」

「じゃあ、それ読んだら寝ろ！」

守は明るく励ましてくれたが、修の胸はふさいでいた。


Tシャツやお菓子、ぬいぐるみ……夏海と匠は、大量のお土産を持って店に帰った。

「夏休みありがとね」

「東京、楽しかったか？」亮が尋ねてくる。

「うん」

「じゃあ来年の夏に向けて、三人で力合わせて頑張るか！」

「おー！」海斗は勢いよく言い、さっそくお土産のお菓子を開封して食べ始めた。

「夏海、ちょっといいか？」

匠は夏海を誘い、テラスに出た。夏海はなんだろうと、ついていく。

「……これ」匠は夏海に小さな袋を差し出した。開けてみると、くじらの風鈴だ。

「え、可愛い。クジラ！」

「うん。夏海がお土産買ってるときに、たまたま見つけたから」

「ありがとう。でもなんで？　誕生日でもないのに」

「東京土産？」

「お土産って。一緒に行ったのに？」夏海は笑った。

「一緒に行ったって、お土産買ってもいいじゃん」

「……だね。ありがと。どこにつけよ。ここなら、ちょうどいいかな？」夏海はテラスの柱の上を指した。

「じゃあ俺がやるよ。夏海じゃたぶん届かないし」

「台にのれば届くし！」意地を張る夏海の手から風鈴を受け取り、匠がつけてくれた。

「これでいい？」

二人は風鈴を見上げた。チリンチリンと、きれいな音色と共にクジラが揺れる。

「クジラが空を飛んだっていいよな」

匠は唐突に呟いた。

「え？」

「水の中を泳ぐだけじゃなくて」

「うん。いいと思う……風鈴の音って、夏って感じするね」

「これでもう寂しくない？」

「え？」

「夏海、この間言ってたから。八月が終わって、このまま夏が終わるのが寂しいって」

「……うん」

「でもこの音があれば、いつでも夏の気分になると思って」

「たしかに！」夏海は目を見開き、笑った。

「だろ」

「風鈴で涼しくなるのって、本当なんだって。風鈴の音を聞いただけで、風が吹いてるって頭が勘違いして、体温が下がるっていう。だから風鈴を知らない国の人は、別に涼しくならないらしいよ」

「夏海すごいな」

「前にテレビでやってた。それ聞いてさ、昔からずっとあるものって、もうそれが体に染み込んでるんだなって思ったんだよね」

「……昔からずっとあるものか」匠がしみじみ、口にする。

「そう」

「……夏海」

「ん？」

「それって、俺と夏海も同じかな」

「え？」

「……今までは、夏海の存在が近すぎて、見えなかった。でも、もう違う」

匠は夏海の目をまっすぐ見た。暗いテラスでも、匠の真剣なまなざしがしっかりと見える。

「夏海と一緒にいたい……今までも、これから先も、ずっと」

匠の告白を聞き、夏海は困惑していた。

「夏海のそばにいさせてほしい。一番、大事にしたいって気づいたから」

静まりかえるテラスで、風鈴の音だけが響いていた。

Chapter 10

夏海は匠の視線を痛いほどに感じていた。だけど……。

「ごめん。匠の気持ちに、私は応えられない。私は健人くんのそばにいたいから」

それは今の、夏海の本当の気持ちだった。

「……わかった」

匠は夏海の答えを噛みしめるように、頷き、改めて夏海を見つめた。

「でも俺が夏海の幼なじみなのは変わらないから。夏海が困っていたら、必ず助ける」


数日後、夏海は健人との待ち合わせである新江ノ島水族館に向かっていた。早く着いた！ そう思ったのも束の間、健人は先に来て待っていた。二人とも、一刻も早く会いたかった。そんな気持ちを確かめ合いながら、歩き出す。

「今日は普通に来られてよかった。いつもは出前のときしか来れないし。一人で回ることになっちゃうからさ」

「俺も。ここに来るときは、だいたい、いつも一人だから」

「そうなんだ」

「一人で回っても十分楽しいけどね」

「だね。自分の好きなとこ回れるし」

「でも今日は二人で来られてよかった」

「やっぱり誰かと一緒のほうがいい？」

「それもあるけど……夏海と一緒だから」

「私と？」

「そう。夏海の大好きな場所に、二人で来られて嬉しい」

「そんなこと思ってくれていたんだ」はにかみながら歩いていると、エイなどの海の魚が泳ぐ大水槽が現れた。

「そういえば、前はこの水槽の前で偶然会ったよね」

「そうだったね」

「こんなに会うことある？って、びっくりした」

「俺も。でもおかげで今、夏海とここにいるから」

その言葉に頷く夏海を見つめながら、健人はさらに言葉を続けた。

「偶然も三つ重なると運命って言うよね」

「……じゃ、あの日会えたのは運命だ」

二人は水槽を見上げた。魚たちはゆったりと泳いでいる。

「こんなふうに泳げたら毎日楽しいだろうな」

「この水槽、あの日とは違って見える。夏海と出逢ってから、世界が色鮮やかに見えるよ」

「……私も、あの日と違って見える」


水族館を出た後、健人は見せたいものがあると言って、夏海を別荘に誘った。

「え、これ全部買ったの？」

夏海は書斎にずらりと並んだ漫画を見て声を上げた。

「前に言ってたでしょ？　今度は漫画も置いとくって」

「しかも読みたかったやつだ。覚えててくれたんだ。ありがとう」

「あ、喉渇いてない？　飲み物持ってくるね」健人はいつだって、やさしい。

夏海がベランダに出て夜空を眺めていると、健人がビールを持って来てくれた。乾杯して、飲み始める。

「何見てたの？」

「星。いい眺めだね」

「花火もここで見たんだ」

「あ、そっか。一緒に見たかったな」

「あのときはお店が大変だったもんね。今の俺なら手伝えたのにな」

「でも大丈夫。今年は半分だけ見たから」

「半分だけ？」

「そう。残りの半分は来年見よっかな」

「じゃあ、ここで一緒に見ようよ」

「えっ、来年の約束？」

「あ、ごめん、早すぎ？」

「ううん、びっくりしただけ。だってそれって、一年後も一緒にいるってことじゃん」

もちろんずっと一緒にいたい。でも健人から言われたことに、驚きと喜びがあった。

「夏海、ちょっと待ってて」

健人は部屋に戻っていき、一輪のヒマワリを手に戻ってきた。

「これ、夏海に」

「ヒマワリ？」

「うん。そういえば今までちゃんと言葉にしてなかった気がして」

健人は改めて、夏海をじっと見つめた。夏海も思わず膝を正す。

「俺とつきあってください。俺、これからも夏海と一緒にいたい。周りに何を言われたって、全部乗り越えるから」

「……うん。私も、健人くんと一緒に乗り越えたい」

　夏海と健人は見つめ合い、夜空の星の下で、二度目のキスを交わした。


　夏海は店に、ヒマワリを飾った。

「花があると気分も上がるよな」なぜか亮がテンションを上げている。

「だね。でもなんでヒマワリ?」海斗が夏海を見た。

「さぁ?　キレイだからいいじゃん」

「花言葉とか、そういうやつだろ?」亮が言う。

「そういうの全然知らないからな」

「じゃあ調べよっと」海斗はスマホを手に取った。

「そんなの調べなくていいよ」と言いつつ、夏海も気になる。

「へー。『君だけを見つめる』って意味だって」

「おー、健人やるなぁ」

「姉ちゃん照れてる」

　二人に冷やかされ、夏海は照れ隠しに「いいから仕事して!」と、叫んだ。

健人は父、創一に呼び出され応接室にいた。皐月も一緒だ。

「以上が現在の進捗です」健人はプロジェクトの報告をした。

「今のところ、当初のスケジュール通りに問題なく進んでいます」皐月も言葉を添える。

「安心したよ。じゃあこの調子で今後も頼んだぞ。安藤くんに健人のチームに入ってもらって本当によかったな」創一は満足げに二人を見た。

「あ、はい。安藤さんにはいつも助けられています。後輩からも慕われていますし」

「私も健人さんの仕事への姿勢を尊敬していて、一緒に働けて光栄です」

「今後も健人のことを支えてもらえると嬉しい。二人ならきっとうまくやれるよ。それに健人もそろそろ将来のことを考えてもいい頃だろ」

創一が、皐月に言った。

「……どういう意味ですか？」

健人は驚いて、尋ねた。

「安藤くんなら私も安心だよ」

「安藤さんはあくまでも大事な同僚です。それに僕には将来を考えている相手がいるので」

「なんだ、そうだったのか？　そんな人がいるなら、一度会ってみたいな」

「近いうちに父さんと母さんにも紹介します」

「楽しみにしているよ」

創一はにこやかにそう言ったが、健人は硬い表情を浮かべていた。

夏海が仕込みをしているとドアが開き、匠が「おす」と入ってきた。

「……おす」夏海も挨拶を返したが、なんとなく気まずい。

「これ。お裾分けだって」匠はポリ袋を夏海に渡した。

「ありがと。あ、きゅうり！」

「夏海、好きだろ」

「でも匠、自分が食べられないから持ってきただけじゃない？」

「え、違うよ。てか、もう食えるようになったし」

「偉いじゃん。あ、そうだ、お昼食べてく？」

「そうする」

「カレーでいい？　つけあわせはきゅうりのサラダで」

「上等だよ」

匠は笑顔を浮かべると、ふとヒマワリに気づいた。「どしたの、これ？　珍しいじゃん」

「あ、もらい物」

「ふーん。綺麗だな」

「え、匠も花見て綺麗とか思うんだ」

「失礼だな。思うよ」

「なんか意外」二人はいつもの調子に戻っていた。


修がリビングで本を読んでいると、スマホが鳴った。画面を見ると愛梨だ。

『あ、もしもし。今、大丈夫？』

「大丈夫」

『よかった……この間ごめんね。連絡控えようとか言っちゃって」

「大丈夫。俺も悪かったし」

『修くん、毎日電話してくれてたじゃん？　やっぱ、かかってこないと気になってさ』

「……そうなの？」あまりにも予想外だ。

『修くん、今夜、家に行ってもいい？』

「なんで？」

修は本気でわからずに、そう聞いた。

『……あ、えっと……ご飯作る。修くんも守くんも毎日頑張ってるでしょ。だから、その応援』

「わかった。守にも伝えとく」

会話を終えて電話を切ると、守が振り返った。

「愛梨ちゃんだろ？　なんだった？」

「ご飯作りに来るってよ」

「マジ？　やったー！」

「はしゃぎすぎだろ」

「あ、そうだ。いいこと思いついた」守は嬉しそうに言った。


健人は眉間にシワを寄せ、厳しい顔つきで廊下を歩いていた。

皐月が顔をのぞき込んでくる。「夏海ちゃんのこと。ご両親に会わせるなんて、あの場で宣言しちゃって」

「大丈夫？」

「夏海には早いと思われるかもしれないけど、いずれ会ってもらうことになるから」

あんなことを言われたのも、いい機会だ。

「そっか。夏海ちゃんとの将来のこと、考えた結果ってことね」

「そのつもり」

「じゃあ無事に終わることを祈ってる」

「ありがとう」そう言いつつも、健人の気持ちは重かった。

食堂には理沙たち親子が来ていた。席に着くと、春樹はすぐに宿題を始めた。

「学校終わってすぐ宿題か。春樹、本当に偉いね」夏海は春樹に声をかけた。

「だって僕、お医者さんになるから」

「だよね。少しは海斗も見習ってほしいよ」

「今度病院も行くんだよ」

「早川さんが見においでって誘ってくれて」理沙が言う。

「へぇ。早川さん、春樹のこと本当に可愛がってくれてるよね。一番は春樹のためだろうけど、オグねぇに会いたいっていうのもありそう」夏海は言った。

「ないない。私と早川さんはもう何もないんだから」理沙は笑い飛ばした。


夜、愛梨が修の家にやってきた。手には食材の詰まった袋を持っている。

「ようこそ。俺の家じゃないけど」守が明るく出迎えた。

「あっ。これ、マーガレットだよね」家にあがってきた愛梨はテーブルの上のマーガレットの花束に目をとめた。「もしかして修くん、また用意してくれてたの?」

「いや、俺じゃない。さっき守が買ってきた」修は言った。

「守くんが?」

「うん。愛梨ちゃんのために。愛梨ちゃん、もうすぐまた試験だって言ってたでしょ」

「覚えててくれたんだ」

「当然じゃん。花びらが落ちないマーガレットみたく、愛梨ちゃんも落ちない！」

「ありがとう。頑張る」

「今度は間に合ってよかった」守の言葉に、修はハッとした。

「ん？　今度って？」愛梨は不思議そうにしている。

「……あ、いや、前に修が渡したときは試験の後だったって言ってたでしょ。だから、今度はちゃんと事前に渡せてよかったってこと」守は苦笑いで、ごまかした。


閉店後、夏海が片づけをしていると、健人から電話がかかってきた。

『遅くにごめんね』

「お疲れさま。でもどうかした？」

『週末なんだけど、うちの両親をＫｏｈｏｌａに連れていってもいいかな』

「え！」驚きのあまり、声を上げてしまった。

『驚かせてごめん。早すぎると思うかもしれないけど、夏海を紹介したくて。両親も、ぜひ夏海に会いたいって言ってるし』

「……私に？」

どうして急に？　と、考えてしまう。

『あ、無理だったら全然大丈夫だよ』

「ううん、わかった。準備しとくね」

そう言ったものの、夏海は落ち着かない気持ちになった。


愛梨はスマホでレシピを確認しながら料理を作っていた。

「えっと、次は塩ひとつまみ……これぐらいかな。次は……え、みりん？　やばい、買い忘れた。コンビニに売ってるかな」

ブツブツ言っていると、守がキッチンに顔を出した。

「みりんならお酒と砂糖で代わりになるよ」守はさっそく作り始めた。「あ、ちなみにひとつまみは指三本でつまんだときの量ね。で、少々は指二本」

「へー！　すご！」

「よかったら、このまま手伝おっか？」

「え、いいの？　休んでていいって言ったのにごめん。なっつんに教えてもらったんだけど、やっぱすぐには無理だね」

「俺に任せて。この家のコックだから。じゃあ愛梨ちゃん、野菜洗ってくれる？」

二人が一緒に料理を始めるのを、修はリビングから見ていた。

完成した料理を囲んで、三人で食卓に着いた。「いただきます」と、食べ始める。

「修くん、どう？　おいしい？」愛梨は修を見た。

「あ、うん。おいしい」

「よかった。守くんのおかげ」

「いやいや、愛梨ちゃんがほとんど作ったじゃん」

「守くんに言われた通りにね」

「それは秘密にしとこうよ」守の言葉に、愛梨は笑った。

「でも苦手なのに、なんで作りにきたんだよ」修が愛梨に尋ねる。

「何かしら理由作って、修くんに会いたかったの」

「……あぁ」

「リアクション薄！　本当は嬉しいんだろ？」守は愛梨を見ながら「照れてるだけだから」と勝手に説明している。

「でも今日で決心した。これからはちゃんと料理の練習する」

「でも書いてある通りにするだけだろ？　どこが難しいのかなって」

修は素直に思ったことを口にしたが、愛梨の表情が曇った。

「……だよね。不器用でごめん」

「あ、俺はそういうつもりで言ったんじゃなくて」

修は自身の発言はよくなかったと気づき、「ごめん」と謝った。

「書いてある通りって意外とむずいんだよ。切り方とか火加減とか」守が愛梨をかばう。

「そうなんだ」

「修は教科書通りにやるの得意だもんな」守は修に言うと、愛梨を励ました。「大丈夫。練習したら、すぐできるようになるよ」

「うん、ありがと」愛梨は守の言葉でにっこりと笑った。


週末、Ｋｏｈｏｌａ食堂のドアには貸し切り営業の札がかかっていた。

「こんな感じでいけるかな？　いや、やっぱあっちのブラウスのほうがよかったかも」

夏海はトップスを替えようとした。

「姉ちゃん、それさっきも着たじゃん」

「あっそっか……じゃあこの格好で決定！」

そこに匠が現れ、夏海のいつもと違う服装を見て驚いて尋ねてきた。

「どっか行くの？」

「健人くんのお父さんとお母さんが来るんだよ」海斗が説明した。

「夏海、緊張しちゃってさ。さっきからずっと着替えてんだよ」亮は笑っている。

「大丈夫かな」夏海はまだ不安だった。

「普段通りにしてれば大丈夫だって。夏海は誰とでも仲良くなれるだろ」

「ありがと」夏海は匠の言葉に励まされたが、やっぱり不安だった。


約束の時間が近づいてきた。

「あー緊張してきた。大丈夫かな」

「大丈夫。いつも通りの夏海で行け！」亮が言う。

「でもやっぱ、ご両親に会うの早すぎるよ」

「それだけ健人の家がちゃんとしてるってことだろ？」

「……だよね……でもさあ」

「ほら、深呼吸」

亮に言われて息を大きく吸い込んだとき、ドアが開いた。

「夏海、今日は急にごめんね」健人が現れた。

「おう健人。ご両親は？」亮が声をかける。

「車をとめてるところなので、もうすぐ来ます」

「……わかった」

夏海はふう、と、息を吐いた。

「もしかして緊張してる？」

健人が尋ねてきた。

「わかる?」

「俺も緊張してるから」

「え、健人くんも? それ聞いてちょっと安心したかも」

「いつも通りの夏海でいいからね」

「了解」

夏海が頷いたとき、創一と恭子が入ってきた。

「初めまして。健人の母です」

恭子は、夏海が想像した通りの上品な女性だ。

「こちらこそ初めまして。蒼井夏海です」

「父です。蒼井さんのことは健人から聞きました」

創一は穏やかに笑うが、威厳がある。

「よろしくお願いします。こちらが私の父で……」

「娘がいつもお世話になってます」亮は二人をテーブル席に案内した。

「サップのインストラクターと食堂の経営なんて、どちらも大変そうですね」

「夏海さん、働き者なのね」創一と恭子が夏海を見る。

「全然です。慣れちゃいました」

「このお店も味があって素敵だし」恭子は店の中を見回した。

「ボロくてすみません。前も大雨で壊れちゃったんですけど、健人くんが修理してくれて」亮が言った。

「そうだったのか？」創一が健人を見る。

「あ、はい」

「お店の図面とかも描いてくれて。すごく助かりました」夏海は言った。

「こちらこそ、息子がお役に立てたようでよかったです」創一は笑った。

「だけどおつきあいしてる人がいたなら、もっと早く紹介して欲しかった。最近よく別荘に行ってたのも、夏海さんに会うためだったの？」恭子が健人を見る。

「心配かけてすみません」

両親に敬語で話す健人は、夏海にはいつもと違う姿に見えた。

「そろそろ失礼しようか」創一は唐突に言った。

「あ、そうね」恭子も立ち上がった。

「あれ、もう帰っちゃうんですか？」亮は尋ねた。

「ゆっくりしたいのはやまやまなんですが、この後も用事がありまして」

「すみません、忙しいのに」

「いえ。お会いできてよかったです」

「健人も行きましょう」恭子が声をかけると、健人は迷いつつも立ち上がった。夏海と健人の視線が合った。でも夏海は何も言えなかった。

「……また連絡するね」健人が夏海に言う。

「うん」夏海は頷くので精いっぱいだ。

「またいつでも来てください」亮が声をかけ、夏海も「ありがとうございました」と、頭を下げた。

修が読書をしていると、勉強していた守がふと顔を上げた。

「愛梨ちゃんの試験、もうすぐだな。ちゃんと応援の連絡しろよ？」

「俺からは必要ないし、守から連絡したほうが喜ぶと思う」

「謙遜すんなって。修からの応援が一番嬉しいに決まってんじゃん」

「またよけいなこと言って、傷つけるから」

「あ、この間の料理のこと、まだ気にしてんのかよ。気にすんなって。悪気があって言ったわけじゃないってこと、愛梨ちゃんもわかってるから」

「それだけじゃない……守、まだ好きなんだろ？」

修は本を置き、守を見た。

「俺だってさすがにわかるよ。守のことだから」

「何言ってんだよ。ちゃんと愛梨ちゃんの試験、応援しろよ！」

守は否定したが、修は納得できずにいた。

健人たちが帰っていった後、亮は近所の源さんの家に行ってくると出ていった。夏海が一人で片づけをしていると、ドアが開いた。立っていたのは、恭子だ。

「もう少し話したくて。ちょっと忘れ物しちゃったって戻ってきたの」

恭子は、夏海さん、と、改めて夏海を見た。

「私、健人には将来のことを考えて、つきあう人を選んでほしい。あなたと一緒にいることで、健人は変わってしまった。現に仕事を抜け出したり、今もなかなか家に帰ってこないのがその証拠でしょ。周りに認めてもらえない関係が、上手くいくはずはないの」

恭子の言うことは、もっともだ。夏海は黙っていた。恭子はさらに続けた。

「健人とは、ひと夏の恋だと思って身を引いて」

健人は車で、恭子を待っていた。

「今日はありがとうございました。夏海を紹介できてよかったです」創一に声をかける。

「健人、自分の立場を理解しているのか？　今後、会社を背負う立場の人間として、つきあう相手は選びなさい」

わかってもらうのは難しいと思ってはいたが、やはり認めてはもらえなかった。

「……夏海と別れるつもりはありません」それだけは譲れない。

「目先のことにとらわれて、将来を冷静に考えられないというなら、おまえにうちの会社を任せるわけにはいかないな」


春樹は病院のベンチで、宗佑の胸に聴診器を当てていた。

「すごい。聞こえる！」

「この音を聞いて、患者さんの体の中で何が起こってるのかな？　って考えるんだよ」

「音だけでわかるの？」理沙が宗佑に尋ねた。

「最初は難しいけど、毎日やってるうちにね」

「お医者さんになるには、耳もよくなきゃダメなんだ」理沙は感心していた。

「じゃあ、お母さんもなれるんじゃない？　お母さんも耳いいから」

「たしかに！　なれるかもね」理沙は笑った。

「そしたら三人で一緒に働きたい」春樹が無邪気に言う。「早川先生が隊長だよ」

「え、いいの？」宗佑は尋ねた。

「うん。僕は社長だから！」

「じゃあ春樹のほうが上じゃん」理沙が言い、三人で笑い合った。

愛梨は修に呼び出され、店の近くの海の見える場所に出てきた。

「急に呼んでごめん」修がやってきた。

「ううん。でも話って何？」愛梨が尋ねると、修は黙り込んだ。「修くん？」

「今まで楽しかった。友だちもろくに作れない俺に彼女ができるなんて、思ってもなかったから。健人と守以外に、俺とまっすぐ向き合って話してくれる人ができたのは、奇跡だと思ってる」

「大げさだよ」愛梨はおかしくなって笑った。

「本当にそう思ってるから」

「そっか」

「でも全部がいいことばかりじゃなかった」

修の言葉に、愛梨は息を吞んだ。

「いくら好きな人ができたって、急に他人の気持ちがわかるようになるわけじゃない。そのせいでこの前みたいに、よけいなことを言って傷つける。俺じゃなければ、こんなふうにはならないのに……」

「大丈夫だよ」そういうところも含めて、すべて修だ。「前も言ったでしょ。私は修くんが本当はやさしいって気づいたから」

「だけどこんなことが続いたら、いつか嫌気がさすかもしれない。そんなことを考えてたら、仕事もうまくいかなくて。どうすればいいのか、わからなくなった」

修は苦悩に満ちた表情を浮かべている。そんな顔をさせているのは自分のせいだ。愛梨は修をこれ以上苦しませたくはない。

「修くん。私たち別れよっか」

愛梨は切り出した。

「実は私、言おうと思ってたんだよ。今ならまだ何もないから、すっぱり終われるじゃん。だから、もうそんな顔しない！」

元気づけるように、明るく笑った。

「ありがと。短い間だったけど、今まで楽しかった」

「……ごめん」

修は背中を向け、硬い表情のまま去っていった。


健人が自席でパソコンに向かっていると、皐月が資料を渡しにきた。

「……どうだった？　夏海ちゃんのこと、ご両親に認めてもらえたの？」

皐月の問いかけに、健人はため息をつき、首を横に振った。

「でも父さんには、夏海と別れるつもりはないって言った」

「健人の気持ちはわかるけど。そんなこと社長が許さないいんじゃない？　会社での立場も危うくなるかもしれないし」

先日、創一に言われたのと同じことを言われ、健人は返す言葉がなかった。


修が帰宅すると、守が出迎えてくれた。

「おかえり。愛梨ちゃんどうだった？　ちゃんと緊張ほぐしてあげたか？」

いつもの調子で尋ねてきたが、修は黙っていた。

「どうしたんだよ、その顔。あ、もしかして会えなかった？」

「……会った。会って、別れてきた」

修が言うと、守は驚いて目を見開いた。

「修から言ったのかよ」

「……違う。あっちから言われた。俺には恋愛は難しかったんだな」

「修、別れるって、修が言わせたんじゃないか？　愛梨ちゃんは本気で修と別れたいって思ってたのかよ」

「そうだと思う。どっちにしろ、俺に今できることはないから」

「じゃあ俺が行く。それでもいいんだな」

守は真剣な目で修を見ていた。

理沙が堤防のそばを歩いていると、前から宗佑が歩いてきた。

「あ、この間はありがとう。春樹、今も毎日、心臓の音聞く練習してる」

「頑張り屋さんだな」

「だけど相変わらずよく会うね。まぁ同じ街に住んでるんだから会ってもおかしくないか」

「……それだけじゃないよ。この辺りを歩くときは、小椋さんがいるんじゃないかって気にしてるから。だから見つけられるんだと思う」

宗佑の言葉に、胸がぎゅっと締め付けられる。でも同時におかしくなって、理沙は笑った。

「なんで笑うんだよ」

「だって相変わらずキザだなって思って」

「そうかな」

「でも私も同じ。つい、今日も早川さんがいるんじゃないかなって思って歩いちゃう。また偶然早川さんに会えたらいいのになって、考えちゃってるから」

理沙も正直に、自分の気持ちを口にした。

「……じゃあ俺たち、二人とも似たようなこと考えてるんだな」

「うん」理沙は頷き「じゃあ行くね。春樹帰ってくるから」と、歩き出そうとした。

「気をつけて」

「またね」

背を向けて歩き出すと「理沙」と、呼び止められた。さっきまで小椋さんだったのに、名前で呼ぶなんて……。理沙は何かを感じながら、振り返った。

「この間、三人で手をつないで帰ったとき、まるで家族みたいだなって気がしてた」

宗佑のまっすぐな目に捉えられ、逸らすことができない。

「……俺が春樹くんの父親になる未来も、あったりするのかな。今度は本当の家族として、三人で歩きたい」


夜、愛梨が海を見ていると守が走ってきた。

「急に連絡しちゃってごめん。勉強ばっかりしてたら飽きちゃってさ。たまには海見たいなって」

「そっか」

「花火買ってきたから。一緒にしよ」

「……守くん、ありがとね。勉強の息抜きって言ってたけど、ほんとは励ましに来てくれたんでしょ？」

「愛梨ちゃんって、なんでもお見通しだね。俺の嘘、今まで全部バレてる」

「だって守くん、わかりやすいし」愛梨は笑った。

「あ、そっか。じゃあもう隠す意味もないか」

一緒に笑っていた守の顔が、引きしまる。

「愛梨ちゃん、好きだよ。愛梨ちゃんのこと幸せにしたい」

パチパチと燃える花火越しに、二人は見つめ合った。


修はソファで本を読んでいた。守が出かけていき、久々にリビングに一人だ。一心に本を読んでいるつもりだったが、ページに丸いしみができた。修は自分が泣いていることに気づき、急いで目元を拭った。でも、拭っても拭っても、涙が止まらなかった。


夏海が閉店後の片づけを始めると、ドアが開いた。顔を上げると、皐月だった。

「夏海ちゃん、突然ごめんね」

「いえ、どうしたんですか?」

「この間、健人の両親と会ったでしょ?」

そのことか、と、夏海は身構えた。

「本当はこんなこと、私に言う権利はないんだろうけど」皐月は前置きをしてから言う。「でも今の健人は、夏海ちゃんのために大事なものを捨ててしまうかもしれない。健人は今までさんざん努力して、いろんなものを手にしてきたのに。私はそんなこと、絶対にあってはならないと思ってる。夏海ちゃんの存在が、健人の足を引っ張ってるんじゃないかな」

皐月は言葉を選びながらゆっくりと、だがきっぱりと続けた。

「夏海ちゃんには見せないだろうけど、健人はきっと苦しんでるよ」


気持ちの晴れないまま朝を迎え、夏海は忙しく働いていた。

「おす。今日も頑張ってるな」匠がふらりと顔を出す。

「え、いつも通りっしょ」

夏海は言ったが、匠は何かを言いたげに視線を夏海に向けている。夏海が見返すと、匠は「なんでもない」と言って、ラムネを差し出してきた。

「あげる。それ飲んで頑張れよ」

そこに、海斗が出てきて言った。

「あっ匠。テーブル壊れたから直してよ」

「あ、いいよ」

匠は海斗とテラスに出ていき、テーブルの修理を始めた。

やがて店は混み始めた。亮は電話応対をし、海斗も料理を運んでいる。

「夏海、出前入ったぞ」電話を切った亮が声をかけてきた。

「了解。じゃあ、私行ってくるね」


雨がぱらついてきたテラスで、匠は直したテーブルを確認していた。

「夏海、傘持っていかなかったよな」

亮と海斗がテラスに顔を出す。

「じゃあ俺が持っていくよ。帰るついでだし」匠は言った。

「サンキュ。机まで直してもらって悪いな」亮が言う。

「うん、行ってくる」

匠は傘を二本手にして、店を出た。


海辺の道を走っていくと、トボトボと歩いている夏海の姿が見えた。

「夏海！」

匠が呼びかけると、夏海は振り返った。匠は近づいていって、自分の傘をさしかけた。

「急に雨降るなんて聞いてないよな」

「ホントだよ。でも傘持ってきてくれたんだ」

「濡れて帰ってくるの可哀想だろ」

「ありがと」

「もうけっこう濡れちゃってるけど」

「たしかに」

「……夏海、何かあったのか？」

「え、なんで？」

「……泣いてるように見えたから」

「泣いてないよ。雨で濡れてるだけでしょ」

夏海は笑いながら顔を拭った。

「そっか」

匠はさしていた傘を夏海に渡し、手に持っていた傘を開いた。


店は混んでいた。忙しく立ち働いていた海斗は、花瓶にぶつかってしまった。

「あ！」床に落ちた花瓶が派手な音を立てて割れる。

「大丈夫か？」亮が厨房から出てきて、破片を片づけ始めた。

「……ごめん」海斗は床に落ちたヒマワリの花を見下ろしていた。


店に帰る途中、夏海と匠は横断歩道が青になるのを待っていた。

「にわか雨かなって思ったのに、やみそうにないね」

「だな」

ようやく信号が青になったとき、強い風が吹いて夏海の傘が飛ばされた。

「あっ、やば」夏海は傘を取ろうと踏み出した。

「夏海！」その様子を見ていた匠は、慌てて声を上げた。

「えっ」

夏海の体に衝撃が走った。

Chapter 11

仕事の合間、健人は廊下でスマホを取り出し、画面を見ていた。今朝、夏海に送った『今夜電話してもいい？』というメッセージには、既読がつかない。

そこに、部下が呼びに来た。

「水島さん、確認したいことがあるんですが」

「あ、了解。すぐ戻る」

さっとスマホをしまい、自席に戻った。

そのとき、夏海は病室にいた。ベッドでは、匠がモニターや点滴台に囲まれて眠っている。顔や体のあちこちを包帯で巻かれ、痛々しい。夏海は眠り続ける匠を見つめ、そっと手を握った。

夜、仕事を終えると、もうオフィスには健人しか残っていなかった。スマホを開いてみたが、まだ既読になっていない。電話をかけてみたが、呼び出し音が鳴るばかりだ。

『大丈夫?』不安になり、メッセージを送った。

匠は眠り続けていた。夏海は夜通し付き添い、そばにいた。

目を覚ましてほしい。祈るような気持ちで、匠の寝顔を見つめていた。と、まぶたがかすかに動いた。思わず立ち上がり、匠に顔を近づけた。

「匠?」呼びかけると、匠はゆっくりと目を開けた。「匠? わかる?」

「……夏海」

しばらくぼんやりとしていた匠が、弱々しい声を発した。

「よかった」夏海は匠の手を握った。「全然起きないから、本当に心配した」

「そっか。俺、車に……生きてた」

「うん!」

「ごめん」

「謝るのは私のほうだよ。匠、私のことかばって怪我したのに……本当にごめん」

昨日、車にぶつかりそうになった夏海を、匠が咄嗟にかばってくれたのだ。

「気にすんなよ……。これぐらいの怪我、三日で治るし」

そんな簡単に治る怪我ではない。夏海が表情を曇らせると、匠は察して言った。

「……さすがに三日は無理か」

「……うん」

「だけどすぐ治すから。俺、いつも何でも直してきただろ。怪我だって同じだよ。だからこれ以上、暗い顔禁止。な？」

匠の言葉が、胸に重くのしかかる。でも、夏海はどうにか笑顔を作った。

「了解！　じゃあ看護師さん呼んでくるね」

「てか腹減った。なんか食べ物ないの？」

「ついでに何か買ってくるね」

夏海は、匠を安心させるように笑顔を返し、急いで病室を出た。


健人はどうにか時間を見つけ、Ｋｏｈｏｌａ食堂を訪れたが、店には亮と海斗しかいなかった。

「突然すみません。夏海と連絡がつかなくて、何かあったのかなって心配で」

健人が言うと、亮と海斗は表情を曇らせ、顔を見合わせた。


夏海は毎日、匠の病室に通っていた。

「毎日暇だって言ってたでしょ。漫画持ってきたよ」

テーブルの上に漫画を出したけれど、匠の表情が暗い。

「どうかした？　あ、他のがよかった？」

「違う」匠は首を横に振った。「さっき先生が来て……俺の足、元通りにはならないかもって」

「え……」

「歩けるようにはなるけど、大工の仕事は難しいかもしれないって言ってた。もう大工に戻れないのかな。せっかく仕事任せてもらえるようになってきたのに」

匠は夏海の手を握った。その手はかすかに震えている。

「……夏海、ごめん……近くにいてほしい。今だけでいいから」

「うん。一緒にいる」

「……ごめん」

「謝らなくていいよ。匠の近くにいるから」

夏海はしっかりと匠の目を見て言った。


そんな二人のやり取りを、お見舞いを手に病院を訪ねた健人が、病室の前で聞いていた。


夜、夏海が店に戻ると、亮が声をかけてきた。

「おかえり。健人来てるぞ。心配して待っててくれたんだよ」

どんな顔をして会えばいいのか……。でも、逃げるわけにはいかない。夏海はテラスに出た。

「おかえり」

健人はいつものようにやさしい口調で、夏海を迎えた。でも夏海は、言葉が出てこない。

「これ、クジラだね」健人は風鈴を見上げていた。「前はなかったよね」

「……匠がくれた」

「そっか……匠くんのこと、大変だったね。でも夏海は悪くないよ」

「……みんなそう言ってくれる。みんな私は悪くないって言ってくれるけど、私が悪いんだよ」

「夏海」

「匠、仕事を続けられなくなるかもしれないんだって。私、匠のそばにいなきゃ。私が匠の人生台無しにしちゃったから……だからごめん。もう会えない」

思いを振り切るように、一気に言った。

「……別れたいってこと?」

「うん」夏海は頷いた。「それに、匠のことだけじゃない。こっちのほうがよかったんだと思う」

「え?」

「私と健人くんは、ひと夏の恋だったんだよ。もう夏も終わるし。ちょうどよかった。いい思い出になった。ありがと」

言葉を紡ぐ夏海をじっと見ながら、健人は聞いた。

「……それ、夏海の本当の気持ち?」

健人の問いかけに、すぐには頷けなかった。でも……。

「うん。ごめん」

「……わかった」

健人はそれだけ言い、背を向けて帰っていった。夏海はテラスで一人、立ち尽くしていた。潮風が吹いてきて、風鈴を揺らす。その音を聞きながら、夏海は涙を流した。


別荘に帰ってきた健人は呆然としたまま書斎に入ってきて、椅子に腰を下ろした。机の上に、海洋生物の図鑑がある。手に取って、クジラのページを開いてみた。見つめているうちに目に涙が浮かんできて、頰を伝っていった。

自分の部屋に戻った夏海は、ぼんやりとベッドに座っていた。ベッドサイドの飾り棚を見ると、匠が作ってくれた木彫りのクジラと、健人がくれたガラスのクジラが並んでいた。手を伸ばしてガラスのクジラを取り、しばらく眺めてみる。夏海は小さくため息をつき、思いを振り切るように、引き出しにしまった。


「え、転勤ですか?」

宗佑は医局長の言葉に、驚きの声を上げた。

「うん。先生も小児科医が全国的に不足してるのは知ってるだろ」医局長が言う。「中でも九州はとくに少なくてね。知り合いから、いい医者がいないか相談されてさ」

「それで僕に？」

「もちろん強制はできないし、この街で子どもたちの健康を守るという選択肢もある。ただ地方では医師不足のせいで満足な治療が受けられない子どもたちや、疲弊しているスタッフたちがいる。早川先生、一度考えてみてほしい」

「はい。わかりました」

宗佑は神妙な面持ちで頷いた。


「お母さんの心臓の音、どう？」

理沙は、聴診器で理沙の心音を聞こうとしている春樹に尋ねた。

「すごく元気です！」

「春樹、すごい。もうお医者さんみたいじゃん」

「やった！　早川先生と一緒に働けるね」

理沙は少し考えてから、聞いてみた。

「春樹は早川先生のこと好き？」

「好き。だって友だちだから」

「じゃあ、もし早川先生が春樹の新しいお父さんになってくれるって言ったら、どう思う？」

「……お父さん？」春樹は目を丸くした。

「うん」

「僕のお父さんは一人だけだよ」

想像していた通りの言葉が返ってきた。だが、さらに春樹は意外な言葉を続けた。

「でもパパならいいよ」

その言葉に、今度は理沙が目を見開いた。

「お父さんはお父さんで、早川先生はパパならいい」

「……お父さんと三人で暮らせなくても？」

「うん。お母さんと一緒ならいい。それに、僕、お父さんに会いにいけたもん。もう一人で電車に乗れるよ」

とはいえ、この前のように一人で行かれては困る。理沙は苦笑いだ。

「でも今度はお母さんと一緒に行こうね」

「うん」

「春樹、ありがと。ね、今度はお母さんにやらせて」

「いいよ。僕が教えてあげる」

春樹は自信満々の表情で、聴診器を理沙に手渡した。

健人は会議を終え、皐月と会議室を片づけていた。

「大丈夫？　夏海ちゃんのこと、ご両親から反対されたままなんでしょ」

「実は俺たち、別れたんだ。ごめん。夏海のことで話を聞いてもらったりしたのに」

「……それって、夏海ちゃんから？」皐月が尋ねてくるが、健人は黙っていた。

「じゃあ私のせいかも。私、健人が心配で。夏海ちゃんによけいなこと言っちゃった」

「皐月のせいじゃないよ」

「……でも」

「俺が夏海を安心させてあげられなかっただけ」

両親を連れていき、夏海を不安にさせ、そして、あの事故が起きて……。健人は悔やんでいた。

そんな健人に今できることは、別れを受け入れることだけだった。

「夏海を苦しませたくないから」

健人は静かに言った。


ある日、夏海が病院に行くと、匠が明るい表情をしていた。

「もうすぐ退院だって。リハビリには通わなきゃいけないけど。早く帰りたかったから嬉しい」

「毎日退屈そうだもんね」

「夏海が話し相手になってくれるから助かる」

「任せて」

「でも毎日来なくてもいいよ。アイツと一緒にいる時間も大事にしろよ」

匠に言われ、なんとも言葉が返せずにいると、亮と海斗がにぎやかに入ってきた。

「匠！　カレー持ってきたよ！」海斗が皿を見せた。

「え、まじ？　ありがとう。骨は折れてるけど腹は元気だから」

「今食べる？」

夏海は尋ね、準備を始めた。

「いっぱい食べて早く元気になってね！」海斗が声をかけると、匠は「おう」と、頷いた。

修はリビングで守の肩を揉んでいた。

「肩、凝りすぎだろ」

「勉強ばっかりしていると、どうしてもな。でも今は勉強してるほうが気が紛れるから」

守は自虐的に言う。

「失恋ってやっぱつらいよな。俺なんか、あんなに意気込んで告白しにいったのに、あっさり愛梨ちゃんにフラれて。修もあんまり引きずんなよ？　二人で傷舐め合おうぜ」

「俺は別に引きずってない」修はいつもの口調で言った。

「薄情だなぁ」

「でも、おかしいんだよ」

「何が？」

「また職場で集中してないって言われた。この前はそう言われて当然だった」

「愛梨ちゃんのこと気になって、仕事に集中できなかったんだもんな」

「でも今は……別れたはずなのに、本来の自分に戻れない。なぜか勝手に涙も出るし」

「え！」守は思わず振り返った。「修、泣いたの？」

「泣いてない。涙が出てきただけ。原因がわからない」修は本気で不思議に思っているようだ。

「答えはひとつだろ。まだ愛梨ちゃんのこと好きだから。本当は会いにいきたいんだろ？」

「……俺にそんな資格ないよ」

「仕方ないな。じゃあ理由を作ってやる」守はとっておきの情報を教えるようにニヤリと笑う。

「愛梨ちゃん、スタイリストの試験、合格したんだって」

そうだったのか。修は知らなかった。敢えて考えないようにしていた。

「……修。もう我慢すんなよ。前に言ってただろ。医者になってから、人生に限りがあるってことに気づいたって。じゃあ一秒も無駄にすんな」

守は、今度はやさしく笑った。

理沙と春樹の暮らす家に、翔平が来ていた。三人で、カレーを食べた。

「春樹は本当にカレーが大好きなんだな」翔平はいとおしそうに春樹を見ている。

「こないだお父さんと一緒に作ったよね。今度のお泊まりのとき、一緒に作ろうね！」

「……ごめんな。三人で暮らしたいって言ってくれてたのに、叶えてやれなくて」

翔平が謝るのを聞き、理沙も「うん。ごめんね」と、心から謝った。

「いいよ」春樹はあっさりと言った。「だって離れててもお父さんはずっと僕のお父さんだもん。それに僕は今のお父さんとお母さんのほうが好きだから」

その言葉に、理沙は胸を突かれた。翔平も同じような表情を浮かべている。

「前はいっぱいケンカしていたけど、今のほうが仲良しだもんね」

理沙と翔平は顔を見合わせて肩をすくめた。そして二人で春樹に「ありがとう」と言った。


匠は松葉杖をつき、病院の廊下を歩いていた。付き添っている夏海はハラハラだ。

「ちょっとは運動しなきゃ。これもリハビリだから」

しばらく歩いてみたが、やがて匠は疲れて、待合室のベンチに腰を下ろした。

「そういえば、アイツからメッセージもらった」

「……健人くん？」

「うん。お大事にって」

「ふーん。ちゃんと返事した？」夏海は何でもないかのような口ぶりで言う。

「一応。了解って」

「了解？　それ返事として合ってるのかな」

「夏海からもお礼言っといて」

「そうしてあげたいけど、無理」

「なんで？」

「健人くんと別れちゃったから」

夏海が言うと、匠は顔をしかめ、黙り込んだ。

「……なんでだよ」

「ちょっといろいろあってさ」

「夏海、もし俺の怪我のせいで、アイツと別れたんだったら、そんなの絶対……」

「何言ってんの。そんなんじゃないって。この間ご両親と会ったとき、先のこととか言われちゃって。私はもっと気軽につきあいたかったから。なんか違うなって思っただけ」

「……本当かよ」匠は夏海の表情を窺(うかが)っている。

「そう。てか匠のために別れるわけないじゃん。何自惚(うぬぼ)れてんの！」

夏海はケラケラと笑った。

愛梨が海を見ていると、誰かが走ってくる音がした。振り返ると、修が立っていた。

「修くん」

「美容室の人が、ここにいるって」修は肩で息をしている。「なんで海見てんだよ。嫌なことがあったら、ここで海見るんだろ。合格したのに、なんで……」

「知っていたんだ。合格したの」

「守から聞いた」

「そっか」愛梨は修から目を逸らし、再び海に目をやった。「合格できたのは、ここで誰かさんにマーガレットもらったおかげかなって思ってたの。で？　何しに来たの？」

「……合格おめでとう。どうしても伝えたくて」

「え、わざわざそのために？　私たち、別れたのに？」

「だって生まれて初めてだったから。自分じゃない他の誰かの成功が、こんなに嬉しいの……こんなふうに思える人、他にいない」

修は不器用に言葉を探しながら、続けた。

「だから、俺の人生に愛梨がいてくれないと困る」

「何それ。プロポーズ？」愛梨が眉をしかめると、修は困ったような表情になった。あんまり困らせるのも可哀想だと思って、愛梨は笑った。

「冗談だって！」

「……冗談じゃなくてもいい」

修は相変わらず無表情だ。それでも、気持ちがまっすぐに伝わってきた。

「もう一度、俺にチャンスをください」修は、体を二つに折るようにして頭を下げた。

「……うん」愛梨は小さく頷いた。

「本当にいいの？」

「だって修くんみたいな人とつきあえるの、私ぐらいだよ」

「ありがとう」

「じゃあ修くん、順番無視していい？」

愛梨の言葉の意味が、修はよくわかっていないようだ。

「キスしたい」

愛梨からの申し出に、修は頷いた。愛梨は近づいていき、目を閉じて突っ立っている修の頬にキスをした。修はハッと目を開ける。

「あ、動揺してる」

「……してないよ！」

ムキになる修を見て、愛梨は笑った。

健人は別荘で荷物を片づけていた。母親の恭子も手伝うと言って、無理やりついてきていた。

「これからはもっと仕事に集中できるわね。私たちもやっと安心できた」

恭子が言うのを聞きながら、健人は本をまとめていた。建築の本の下から、海洋生物の図鑑が出てきて、胸がまた痛くなる。

「あ、それまだ持ってたの？　懐かしい。健人、昔これぱっかり読んでたもんね」

恭子は懐かしそうにページをめくっていた。


理沙はコンビニでビールを買って、宗佑の家を訪ねていた。

「突然来ちゃってごめんね」

「いや。俺も会いにいかなきゃと思ってたから」

キッチンから持ってきたグラスをテーブルに置き、宗佑は真面目な顔で理沙を見た。

「俺、この街を離れることにした。この前、九州への転勤の打診があって」

あまりに意外な告白に、理沙は衝撃を受けていた。

「俺、受けようと思う。ここよりもっと医者が少ない場所で、子どもたちの命を守りたいから」

「そっか。春樹が寂しがるだろうな」

春樹がこの前言ってくれたことを宗佑に伝えようと思って来たのに、転勤なんて……。

「……それに、私も寂しい」

「ついてきてほしい」

宗佑の言葉に、理沙は顔を上げた。

「俺と結婚しよう」

その目はいつもよりも、さらにまっすぐだ。理沙も真剣に考え、答えを出した。

「私も、早川さんと一緒にいたい。でも、一緒には行けない。この街には春樹の大好きな人たちがたくさんいる。春樹にはそんな人たちに囲まれて育っていってほしいから。私は、春樹とここにいる」

「……そうか」

「だけど離れてても、早川さんは私の大事な人だよ。ずっと応援してる」

それは理沙の心からの気持ちだった。

「いつか春樹と一緒に会いにいってもいい？」

「うん」

「ありがとう」

「理沙、抱きしめていい？」

問いかけられた理沙が頷くと、すぐに宗佑に抱きすくめられた。

「……あったかいね」

理沙は必死で涙をこらえていた。

健人の別荘に、修と守が来ていた。だいぶ片づけが進んだ別荘は、がらんとしている。

「じゃあ、またやり直せたんだね」健人が尋ねると、修は頷いた。

「愛梨ちゃんの優しさのおかげだよな。ちゃんと感謝しろよ」守が言う。

「わかってるよ」

「あ、あと俺にも感謝しろよな！　俺って、我ながら本当にいい奴」

「守にも感謝してる」以前の修と比べれば驚くほど素直だ。

「おう。でも健人、ここにはもう来ないのかよ」

「うん」

「本当にそれでいいのか？　だって健人は別れたくなかったんだろ？」

「それに先生も本心で言ったわけじゃないと思うけどな」

「……仕方ないよ」健人は力なくほほ笑んだ。

「でも、このままじゃ後悔するぞ」修はいつになく熱い。「俺も自分で思い知ったばかりだから。人生の中で、絶対に手放しちゃいけない人がいるんだってこと。俺は健人の親友だから。後悔してほしくない」

「……俺も。それに俺たちの健人はここで引き下がるような男じゃないもんな」

守が言うと、修も頷いた。

週明け、健人が自席でパソコンに向かっていると、部下の上沢が駆け込んできた。

「水島さん、大変なことになりました。さっき僕の担当先から連絡があって。申請書類の不備が発覚して、着工が遅れそうだと」

「それ、かなりのインシデントじゃない」皐月も驚いて言った。

「自分のミスです。本当にすみません！」

「……わかった。俺が対応するから。仕事に戻って。他の業務を止めるわけにはいかないから。今できることをやろう」健人は冷静に言った。

「どうするの？　工期が延びれば、賠償問題になるかも」皐月が健人を見る。

「とにかく先方に謝罪に行ってくる」

「私も行こうか？」

「皐月はみんなのフォローをよろしく」

健人は立ち上がり、取引先に向かった。


夏海は匠の病室に顔を出した。

「調子どう？」

「普通かな」

「そっか。リンゴ持って来たけど食べる？　今日はお腹空いてない？」

尋ねる夏海を、匠がじっと見ている。

「夏海、やっぱり、ただの罪悪感で一緒にいるんだったら、帰ってほしい。そんな理由で、夏海を縛りたくない」

「何言ってんの？　そんなわけないって言ってたでしょ」

「じゃあ、なんでそんな顔してんだよ」

匠に言われ、夏海は笑おうとした。でもうまく笑えない。

「夏海にそんな顔、してほしくない。俺を舐めんなよ。こんな怪我、なんともないし、ちゃんと仕事にも復帰するから」

たしかに、最近の匠は真剣にリハビリに向き合っている。

「だって俺、夏海のこと必ず助けるって言ったじゃん。あんなにカッコつけて言っといて、逆に助けられてるの恥ずかしいだろ。アイツのところに行けよ」

「だけど、もう決めたことだから……」

「本当は違うんだろ。俺は夏海に幸せでいてもらいたい。夏海のことが大切だから」

匠はただでさえ強い目力にさらに力を込めて、真剣に夏海を見ていた。

「だって俺たち、幼なじみだろ」

問いかけられ、夏海はしばらく考えていた。そして夏海もきっぱりと言った。

「ただの幼なじみじゃないよ。最高の幼なじみ」

「……だな」匠がフッと笑う。

「匠、ありがと」

夏海は病室を飛び出した。


取引先から戻った健人は、社長室で父親であり社長の創一に報告をしていた。

「一時はどうなるかと思ったが、健人の機転で無事に乗り越えたんだな」

「僕だけじゃありません。みんなのおかげです」

皐月も適切にチームのメンバーに指示を出し、まとめてくれた。

「いいチームになった。今後も力を合わせて仕事に臨むように」

「はい」健人は頷くと、改まって「父さん」と、創一を見た。

「どうした？」

「僕はずっと、父さんと母さんの顔色を窺って生きてきました。他人の人生のようでずっと息苦しかった。でもこれからは自分の人生を生きてみたいんです」

これまでの健人だったら、創一に気圧（けお）されてしまい、言えなかった。でも今は違う。

「父さんはつきあう相手を選ぶように言いました。だけど、それは自分で決める」

それだけは、譲れない。譲らない。

「僕は、夏海と一緒にいたい」

「……先のことが考えられないような人間に会社を継がせるわけにはいかないとも言ったが、どう思うんだ？」

「仕事を諦めるつもりはありません。それを父さんに見ていてほしいんです。お願いします」

健人は頭を下げた。

「好きにしなさい」

創一が諦めたように放った言葉を聞くと、健人は顔を上げ、一礼して社長室を出た。


廊下に出てきた健人は、スマホを取り出した。画面を見ると、夏海からの着信記録が何件も残っていた。すぐにかけ直したけれど、つながらない。もどかしくなって、健人は走り出した。会社のビルを出たところで、スマホが鳴った。夏海からだ。

「もしもし」

『もしもし、健人くん』

夏海だ。でもその声が、近くからも聞こえる。健人はあたりを見回した。

『健人くん！』

再び、スマホから、そして、背後から夏海の声が聞こえた。振り返ると、スマホを手にした夏海が立っていた。

「よかった。会えた」

「……すごい」健人は信じられない思いだった。「俺も今から会いにいこうと思ってた」

「じゃあ奇跡だね！」

「そうだね」二人はいつものように笑い合った。でも一体、いつ以来だろう。

「健人くん。もう迷わないって決めたから」

二人は行き交う人の波の中で、お互いを見つめていた。

「私、やっぱり健人くんと一緒にいたい。健人くんが、私を半径三メートルより外の世界に出してくれた。健人くんと一緒にいれば、何でも乗り越えられる。どんな最悪よりも、健人くんと一緒にいる最高が勝つから」

夏海の言葉を聞いた健人は、何かを言うのももどかしくて、ぎゅっと抱きしめた。

「俺、ずっと他人の人生を生きてる気がしてた。だから誰ともぶつからないように生きてきた。そんなことする意味なんてないと思ってたから」

腕の中の夏海に向かって、思いを伝えた。

「でも今は、誰とぶつかってもいいから夏海と一緒にいたい。夏海のおかげで、自分の人生を生きなきゃって、やっと思えるようになったから」

夏海を抱きしめる手に力を込める。

「失いかけて気づいた。夏海は、俺の人生に必要な人だよ」

言い終えた健人の背中に、夏海が腕を回した。

目覚まし時計が鳴った。起き上がった夏海のベッド脇にある飾り棚には、ガラスのクジラと木彫りのクジラが並んでいる。

店に出ていくと、亮と海斗が朝食を作っていた。なんと、これからは二人で朝ご飯を担当してくれると言う。それだけでも驚きなのに、店にはヒマワリが飾ってある。

「これ、どうしたの？」

「海斗がお小遣いで買ってきたんだよな」

「こないだ俺が割っちゃったから」

「気にしなくてよかったのに」

「でも花があったほうがテンション上がるじゃん！」

「だな。ヒマワリの花言葉は……」

「君だけを見つめる！」

海斗と亮が二人で盛り上がっているのを見て、夏海も笑った。


匠の病院に、佳奈がお見舞いに来た。中庭のベンチに並んで座り、怪我の経過や、夏海とのことなど、いろいろな話をした。

「リハビリ頑張ってるんだ」

「この調子なら、いつか仕事に戻れるって言われました」

「よかった。でも牧野くん、成長したね。蒼井さんの背中、押してあげるなんて」

「俺、前は自分が幸せになりたくて、空回ってました。でも今は、大事な人が幸せでいることが、自分の幸せなんだなって」

「そっか。牧野くんが立派になって、私も誇らしいよ」佳奈は匠をしみじみ見ていた。

「また学校の先生みたいなこと言ってる」

「言うよ。だって学校の先生だもん」佳奈は得意げな表情で笑っている。

「そうですね」匠もつられて笑ってしまった。


Kohola食堂のテラスで、守は模試の結果が入った封筒を取り出した。

「よし、いよいよ開けるぞ」ごくりと唾を飲む。「どうせE判定だろうけど。前よりは手応えあったんだよな……うわ、B判定！」封筒の中身を見た守は声を上げた。

「……守、すごい！　よくやった！」のぞき込んでいた修は守に抱きついた。

「いえーい！」

二人は抱き合ってぴょんぴょん跳ねた。

店の中からテラスの様子を見ていた理沙が、夏海に言った。

「あの二人、ずいぶん盛り上がってんね」

「愛梨と出かけるのが楽しみなのかな」

夏海は愛梨を見た。これから三人で買い物にいくらしい。

「いいじゃん。仲良し三人組」

「オグねぇは早川さんちに行くんでしょ？」

「うん。春樹と一緒に引っ越しのお手伝い」

「とうとう行っちゃうんだ」

「うん。でも会えなくなるわけじゃないから。離れてても、住む世界は同じなんだからさ」

「どういう意味？」

「同じ地球に住んでるってこと」

「たしかに」夏海は大きく頷いた。

「で、なっつんは健人くんと、えのすいデートでしょ。じゃあお互いの健闘を祈って……」

愛梨が二人の顔を見る。三人は視線を合わせて、ハイタッチの儀式を交わした。


夏海と健人は、水族館帰りに夕日に染まる砂浜を歩いていた。

「俺、また海洋生物の勉強、始めてみようかなって」

「すご！　まだ勉強するの？　大人になったのに？」

「勉強、好きだから」

「へー、そんな人いるんだ!?」夏海はいまだに信じられない。

「いつか水族館の設計をしてみたいから」

「水族館？」

「そう。仕事も昔の夢も手放さない」

「一石二鳥ってやつ？」

「うん。それが今の夢」

『叶ったら笑顔になること』だ」

まだ出会って間もない頃、健人は夏海に「夢」のことをそんなふうに表現したことがあった。

「私はやっぱり、本物のクジラが見たい」

夏海はあのときと同じことを言った。

「一緒に見にいく？」

「うん。沖縄がいい。前に行きそびれちゃったし、冬ならクジラに会えるって、健人くん言ってたもんね」

「じゃあ冬になったら一緒に行こう」

「うん！」

健人は夕日を見て立ち止まった。

「夕日ってやっぱりキレイだね」

「そうだよ。毎日見ても……」夏海が言いかけると、健人が先に「毎日キレイだから」と言った。

これも、出会った頃に、まさにこの場所で交わした会話だ。

「前はこの後、二人でサップしたんだよね」

「今からやる?」健人は提案した。

「え、今から?」

「うん。だってあと一時間あるよ」

片目をつぶり、夕日と水平線の間に指をかざした。指が四本。一本十五分だから一時間だ。

「だね!」

夏海は笑い、二人はどちらからともなく指を絡めて歩き出した。健人が、不意に夏海にキスをしてくる。突然そんなことをした健人に驚きながらも、夏海は幸せな気持ちに満ち溢れていく。


寄り添いながら歩く二人の影が、夕日に染まる砂浜に長く伸びていた。

(完)

CAST

蒼井夏海 ・・・・・・・・・・・・・ 森 七菜

水島健人 ・・・・・・・・・・・・・ 間宮祥太朗

牧野 匠 ・・・・・・・・・・・・・・ 神尾楓珠

滝川愛梨 ・・・・・・・・・・・・・ 吉川 愛

佐々木修 ・・・・・・・・・・・・・ 萩原利久

山内 守 ・・・・・・・・・・・・・・ 白濱亜嵐

小椋理沙 ・・・・・・・・・・・・・ 仁村紗和

・

早川宗佑 ・・・・・・・・・・・・・ 水上恒司

・

蒼井海斗 ・・・・・・・・・・・・・ 大西利空

村田翔平 ・・・・・・・・・・・・・ 森崎ウィン

長谷川佳奈 ・・・・・・・・・・・ 桜井ユキ（友情出演）

蒼井 亮 ・・・・・・・・・・・・・・ 山口智充

他

TV STAFF

脚　本	市東さやか
音　楽	末廣健一郎　MAYUKO
主題歌	緑黄色社会『サマータイムシンデレラ』 （ソニー・ミュージックレーベルズ）
プロデュース	中野利幸
演出・監督	田中 亮
制作・著作	フジテレビジョン

BOOK STAFF

ノベライズ	百瀬しのぶ
ブックデザイン	市川晶子（扶桑社）
校　閲	東京出版サービスセンター
D T P	明昌堂

真夏のシンデレラ

発行日　2023年9月30日　初版第1刷発行

脚　本　　市東さやか
ノベライズ　百瀬しのぶ

発行者　　小池英彦
発行所　　株式会社 扶桑社
〒105-8070 東京都港区芝浦1-1-1
浜松町ビルディング
電話 03-6368-8870(編集)
03-6368-8891(郵便室)
www.fusosha.co.jp

企画協力　株式会社フジテレビジョン
製本・印刷　サンケイ総合印刷株式会社

定価はカバーに表示してあります。
造本には十分注意しておりますが、落丁・乱丁(本のページの抜け落ちや順序の間違い)の場合は、小社郵便室宛にお送りください。送料は小社負担でお取り替えいたします(古書店で購入したものについては、お取り替えできません)。なお、本書のコピー、スキャン、デジタル化等の無断複製は著作権法上の例外を除き禁じられています。本書を代行業者等の第三者に依頼してスキャンやデジタル化することは、たとえ個人や家庭内での利用でも著作権法違反です。

© Sayaka SHITO/ Shinobu MOMOSE 2023
© Fuji Television Network,inc. 2023
Printed in Japan
ISBN 978-4-594-09588-8